KB073013

메디컬 환생

FUSION FANTASTIC STORY

유인(流人) 장편 소설

Medical return

메디컬 환생 3

초판 1쇄 찍은 날 § 2014년 11월 20일
초판 1쇄 펴낸 날 § 2014년 11월 27일

지은이 § 유인(流人)
펴낸이 § 서경석

편집부장 § 권태완
편집책임 § 박은정

펴낸곳 § 도서출판 청어람
등록번호 § 제387-1999-000006호
등록일자 § 1999. 5. 31
어람번호 § 제1-1989호

주소 § 경기도 부천시 원미구 부일로 483번길 40 서경B/D 3F (우) 420-822
전화 § 032-656-4452 팩스 § 032-656-4453
http://www.chungeoram.com
E-mail § chungeorambook@daum.net

ISBN 979-11-04-90000-6 04810
ISBN 979-11-316-9263-9 (세트)

메디컬 환생

FUSION FANTASTIC STORY

유인(流人) 장편 소설

3

Medical return

도서출판 청어람

CONTENTS

메디컬 환생

Medical return

1장

과거의 인연

인턴 숙소 방에서 노트북으로 병원 홈페이지를 보며 황문진이 감탄을 토했다.

"정말 대단해, 진현아. 한국대 수석은 역시 다르구나."

"다르긴 뭐가 다르냐……."

진현은 난감한 얼굴을 하며 침대에 추욱 늘어졌다.

시작부터 이런 사고를 치다니.

그는 이제부턴 무조건 잠자코 지내야겠다고 다짐했다.

물론 과연 그 뜻대로 될지는 모르지만 말이다.

"그러고 보니 너 내과 한다며?"

"그게 무슨 큰일 날 소리냐?"

"그런 소문이 파다하던데?"

"……."

진현은 인상을 찌푸렸다. 누구의 소문인지 뻔했다. 분명 최대원 교수일 거다.

'아니, 평소엔 그렇게 근엄하면서 왜 이렇게 팔불출처럼 떠들고 다니는 거야?'

까마득한 교수의 입을 코르크 마개로 틀어막을 수도 없고, 진현은 한숨을 내쉬었다.

그런데 그때, 똑똑 노크 소리가 들렸다.

"누구세요?"

황문진이 문을 열자 하얗고 예쁜 얼굴이 빼꼼히 나타났다.

혜미였다.

혜미의 얼굴을 본 황문진이 얼굴을 붉히며 말을 더듬었다.

"무, 무슨 일이세요?"

"김진현 선생님 안에 있어요?"

아직 안 친한 둘은 서로 존대를 했다.

"아, 안에……."

진현이 2층 침대에서 몸을 일으켰다.

"왜? 무슨 일?"

혜미가 웃으며 말했다.

"진현아, 너 오프지?"

오프, 당직 없이 쉴 수 있는 간만의 퇴근 날을 뜻한다.

"응, 그런데?"

"나가서 맛있는 거나 먹지 않을래? 근처 논현동에 괜찮은 파스타집 있던데"

"술은 안 먹고?"

"술도 마시면 좋고. 헤헤."

진현은 피식 웃으며 완전히 일어섰다. 기분도 답답했는데 차라리 잘됐다.

"그래, 가자. 지금?"

"응, 바로 나가자."

이미 그녀는 외출 준비를 끝낸 상태였다. 하늘하늘한 원피스가 꽃잎처럼 그녀를 단장시켰다.

그런데 황문진이 떠듬떠듬 말했다.

"나, 나도 오픈데."

"응?"

"나도 가면 안 돼?"

"그래, 너도 같이 가자."

진현은 아무 생각 없이 답했다.

그 대답에 혜미가 아쉬운 표정을 지었지만 진현은 보지 못했다.

가볍게 옷을 갈아입고 그들은 인턴 숙소를 나왔다.

"오, 오랜만에 나가니까 좋네요. 그렇죠?"

"그러네요."

뻣뻣한 질문에 영혼 없는 답변이었다.

황문진은 계속 뭐라 긴장한 채 말을 걸었고, 혜미는 힐끗 진현만 바라봤다.

그리고 진현은 항상 그렇듯 혜미의 시선을 눈치채지 못 했다.

그렇게 그들은 근처 논현동으로 가기 위해 병원의 복도를 걸었다.

그때만 해도 별다를 것 없는 일상이었다. 적당히 밥을 먹고, 간단히 술을 마신 후, 잠을 자겠지.

하지만 진현은 까마득히 모르고 있었다. 곧 자신이 누구를 만날지.

많은 극적인 사건이 예고를 하지 않고 일어나듯 그날의 만남도 그랬다.

복도를 걷다 그는 우연히 엘리베이터를 바라봤다.

우연히, 그러니까 우연이다.

그러나 엘리베이터에 탄 한 여인을 본 순간, 진현의 세상이 멈춰 버렸다

"……!"

그의 몸이 뻣뻣이 굳었다. 머리가 하얗게 질리며, 손이 떨렸다.

"…진현아?"

갑자기 멈춰 선 그를 혜미가 부르는 순간, 엘리베이터의 문

이 닫히기 시작했다.

퍼뜩 정신을 차린 진현은 엘리베이터로 달려들었다.

머리가 시킨 게 아니다. 몸이 반사적으로 움직였다.

"잠깐!!"

그러나 간발의 차이로 엘리베이터의 문이 닫혔고, 위로 올라가 버렸다.

그 돌발 행동에 혜미와 문진이 눈을 동그랗게 뜨는 순간, 진현은 이를 악물었다.

"계단이 어디지?!"

"저, 저기?"

진현은 곧장 계단으로 뛰어들었다.

"지, 진현아!!"

당황한 외침이 울렸으나 들을 정신이 없었다.

그는 엘리베이터를 따라잡기 위해 미친 듯이 계단을 올라갔다.

'어째서 여기에?'

터질 듯한 의문이 머리를 흔들었다.

잘못 본 게 아니었다.

분명 그녀였다.

이전 삶의 아내였던 그녀, 이연희가 분명했다!

'어째서 대일병원에?'

그녀를 이곳에서 보게 되다니? 믿을 수 없었다. 대일병원과 분명 연관이 없었는데?

그런데 정신없이 뛰어 올라가던 그는 어느 순간 우뚝 멈추어 섰다.

'지금 뭐하는 거냐, 김진현.'

대일병원은 35층이다.

각 층의 넓이도 굉장히 넓다. 그녀가 어느 층에 내릴 줄 알고 따라간단 말인가?

'그리고 만나면? 만나면 뭐할 건데?'

이전 삶의 기억이 없는 그녀는 그를 모른다.

그리고 설사 기억이 있으면? 있으면 뭐할 건데?

이전 삶에서도 쓸쓸히 헤어졌는데, 만나서 손이라도 잡을 건가?

"진현아!!"

그때, 밑에서 그를 부르는 목소리가 들렸다.

갑자기 멍한 상실감이 밀려왔다. 무슨 바보짓을 한 건지 모르겠다.

"진현아, 도대체 무슨 일이야?!"

혜미가 걱정 어린 얼굴로 그를 좇아 올라오고 있었다. 하얀 얼굴에 지친 숨이 가득했다.

진현은 씁쓸한 표정으로 고개를 저었다.

"아무것도 아니다. 놀라게 해서 미안."

정말 아무것도 아닌 일이다.

바보 같을 정도로.

그렇게 그는 스스로에게 거짓말하듯 생각했다.

* * *

간단한 식사와 술자리 후, 혜미는 집에 돌아왔다.

오빠인 이범수 교수의 자살 이후 그녀는 따로 삼성동 주상복합오피스텔에 방을 얻었다.

가방을 아무렇게나 내려놓고 힘없는 손길로 옷을 벗었다.

곱게 차려 입은 옷들이 떨어지며 하얀 알몸이 드러났다.

쏴아아!

혜미는 멍한 표정으로 샤워를 했다.

뽀얀 피부에 묻은 거품이 씻겨 나간 지 오래였지만, 그녀는 넋을 잃고 가만히 서 있었다. 뾰족한 물줄기가 그녀의 피부를 때렸다

방금 전 헤어진 진현의 얼굴을 생각했다.

그와 만나고 헤어지면 항상 함께했다는 행복과 다시 떨어졌다는 상실감이 교차했다.

'좋아하면 고백하라고?'

새로 사귄, 친구 김수연의 말을 떠올렸다.

'진현에게 고백을? 하지만…….'

그녀는 쓸쓸한 표정을 지었다.

그래, 진현이 좋았다. 그녀 스스로도 이유를 알 수 없지만 그를 사랑했다.

그 무뚝뚝한 얼굴이, 말투가, 그러면서 말없는 깊은 배려가 좋았다.

아니, 이런저런 이유를 떠나 그냥 그가 좋았다. 벌써 오래된 짝사랑이다.

'고백했다가 지금의 관계마저 어색해지면.'

그녀는 지금의 관계에 만족했다.

물론 그를 만지고 싶고, 안기고 싶고, 항상 함께하고 싶긴 하다.

아니, 좀 더 솔직히 말하면 하루에도 수십 번씩 그를 온전히 독점하고 싶다는 욕망이 든다.

영원히 그의 품에 안길 수 있다면 얼마나 좋을까?

하지만… 고백 후 지금의 관계마저 멀어진다면……? 그땐 어떻게 하지?

유일한 정신적 가족인 이범수마저 자살한 지금, 그녀를 지탱해 주고 있는 것은 진현밖에 없었다.

만약 그와 멀어진다면 그녀는 무너지고 말 것이다.

'속마음을 숨기는 것은 잘하니까.'

아버지와 이상민의 어머니 때문에 자신의 어머니가 자살했을 때도, 그리고 아버지에게 어린 몸에 학대를 당할 때도 그녀는 항상 속마음을 숨겼다.

속마음을 드러낼 상대도 없었고, 드러내면 채찍으로 돌아왔다.

그래서 그녀가 세상에서 가장 잘하는 것이 마음을 숨기고 웃는 것이었다.

'물론 이 관계를 영원히 유지할 수는 없겠지. 그건 알아.'

분명 진현도 누군가와 사랑을 하고, 결혼을 할 것이다. 그러면 지금처럼 친근하게 지낼 수는 없을 거다.

'그래도… 그래도… 그때까지만이라도.'

그녀는 슬프게 웃었다.

그가 다른 여자와 사랑을 한다 생각하니 갑작스레 가슴이 찢어지듯 아팠다.

초조하고, 슬프고, 화가 났다.

그래도 어쩔 수 없었다.

'난 더 중요한 일이 있으니까.'

생각을 마친 그녀는 샤워기의 물을 껐다.

물줄기가 잦아들며 그녀의 백옥 같은 등이 모습을 드러냈다.

그런데 조물주가 조각하듯 아름다운 그녀의 등줄기에는 섬뜩한 흉터가 가득했다.

"사랑해."

그녀는 닿지 못할 말을 중얼거렸다.

*　　*　　*

그 뒤에는 별다른 문제없이 내과 순환근무가 끝났다.

떠나는 진현을 잡으며 최대원 교수는 아쉬운 목소리로 말했다.

"한 달 동안 수고했네."

"아, 아닙니다."

"술이라도 한 잔 사줘야 하는데."

사실 며칠 전부터 계속 술을 마시자고 하는 걸 진현이 이리저리 피했다.

왠지 술과 함께 잡혀 들어갈 것 같았다.

"괜찮습니다. 마음만으로도 감사합니다."

"그래, 다음에 또 보자고. 다른 과에 가서도 잘하고. 뭐, 말 안 해도 잘하겠지만."

그렇게 진현은 삐질삐질 땀을 흘리며 내과를 떠났다. 당연히 다시는 돌아오고 싶지 않았다.

'그런데 이건 뭐야? 산 너머 산이구나.'

진현은 다음 순환근무 스케줄을 보고 인상을 찌푸렸다. 이번엔 무려 내과도 아닌, 외과였다.

대일병원 외과.

이전 삶에서 그가 일하던 곳이다.

'조심하자, 조심.'

다른 인턴들과 함께 인사를 하러 가자 무뚝뚝한 얼굴의 외과 레지던트가 맞았다.

"너희가 이번 달 인턴들?"

"네."

"그래, 열심히 하고. 뭐, 난 인턴들한테 크게 바라는 것 없다. 어차피 이제 갓 의사가 된 너희가 뭘 잘하겠냐? 단 하나!"

레지던트는 낮은 목소리로 당부했다.

"사고만 치지 마라. 난 사고 치는 걸 제일 싫어한다."

"네!"

"그리고 김진현이 누구냐?"

"네, 저입니다."

난데없는 호명에 진현은 의아한 표정을 지었다.

"네가 그렇게 일을 잘한다며? 우리 외과에서도 수고해 줘라."

"……!"

칭찬이 섞인 독려였다. 내과 때의 일이 여기까지 퍼진 게 분명하다.

"네, 열심히 하겠습니다."

그리고 레지던트는 또 다른 인턴을 호명했다.

"이상민은 누구냐?"

"네, 저입니다"

옆에 서 있던 매끄러운 외모의 이상민이 손을 들었다.

그도 이번 달에 진현과 같이 외과에 근무할 예정이었다.

"너도 잘해라."

그뿐이다.

호명도 김진현보다 한 발짝 늦었고, 칭찬도 없었다.

나름 일을 잘한다는 이야기를 전해 듣긴 했으나, 김진현에 관한 소문보다 떨어진 탓이다.

이상민은 미소 지으며 답했다.

"네, 열심히 하겠습니다."

이번 달 외과 스케줄인 인턴은 총 7명.

그들은 외과 사무실, 의국(醫局)에서 나와서 각자 근무할 곳으로 흩어졌다.

그리고 진현이 엘리베이터를 타러 걸어가는 중, 누군가 그를 불렀다.

"진현아."

"응?"

이상민이었다.

그의 입가에는 짙은 미소가 걸려 있었다.

"이번 달 잘해보자."

"그래."

진현은 별생각 없이 답했다.

*　　　*　　　*

'이번 달엔 꼭 조용히 지내야지. 지난 내과 때처럼 사고 터뜨리면 안 돼.'

그나마 다행인 것은 업무 배정이 수술방이 아닌, 병동 업무 처리였다는 거다.

수술방에서 일하면 좋든 싫든 몸에 밴 실력을 보일 수밖에 없으니 천만다행이었다.

하지만 진현은 모르고 있었다.

다행이 아니란 사실을.

일을 시작한 지 이틀째, 사단이 일어났다.

마침 그때 그는 새벽같이 병동에서 환자 소독 준비를 하고 있었다.

"안녕하세요."

"이제 왔어?"

삼교대 중, 오전 근무조 간호사들이 이른 시간에 출근을 시작했다.

자신과 상관없는 일이어서 진현은 신경 쓰지 않고, 본인의 일에만 묵묵히 신경 썼다.

"어, 인턴 선생님 바뀌셨네요?"

"응, 어제부로 로테이션해서 바뀌셨어."

"아, 벌써 4월 1일이구나."

내과 병동에 비해 외과 병동 간호사들은 훨씬 친화적이었다.

한 간호사가 그에게 다가와 말했다.

"안녕하세요, 인턴 선생님. 처음 봬요."

묘하게 익숙한 친절한 목소리에 진현은 고개를 돌렸다.

그리고… 그녀의 얼굴을 본 순간, 시간이 멈춰 버렸다.

*　　　*　　　*

무기질의 벽도, 옆에서 일하던 다른 간호사도, 째각째각 흘러가던 시계도 모두 사라졌고, 진현의 망막에는 오로지 그녀만이 맺혔다.

그 멈춰 버린 시간 속에서 단아한 인상의 미녀가 그에게 부드럽게 미소를 지었다.

"한 달 동안 잘 부탁드려요."

"아……."

진현은 신음을 흘렸다.

그녀는 의아한 표정을 지었다.

"왜 그러세요, 선생님? 무슨 문제라도?"

"아, 아닙니다."

진현은 급히 고개를 저었다.

아득한 마음이 들었다.

'이게 무슨……? 말도 안 돼.'

그는 침을 꿀꺽 삼켰다.

'아, 아니야. 그냥 닮은 걸 거야. 그녀가 여기에 있을 리가 없잖아.'

떨리는 목소리로 물었다.

"저… 실례지만 성함이……?"

그녀는 고개를 갸웃하며 답했다.

"이연희라고 해요."

"……!"

"왜 그러세요?"

"아, 아닙니다."

진현의 머리가 하얘졌다.

이연희.

이전 삶, 그의 아내의 이름이었다.

이렇게 그녀를 다시 만나게 되다니?

생각지도 못한 만남이었다.

"……?"

진현의 이상한 반응에 이연희는 조각같이 단안한 얼굴을 다시 한 번 갸웃했다.

*　　*　　*

"저, 연희야."

"네?"

선임 간호사가 근무 중 그녀를 불렀다.

이연희가 다가오자 선임간호사는 귀에다 대고 속삭였다.

"저… 인턴 선생님… 너한테 관심 있는 것 아니니?"

"설마요. 오늘 처음 보는걸요."

"에이, 아니야. 너를 보는 눈빛이 심상치가 않은데. 마치 이전에 헤어진 아내라도 보는 눈빛이야. 그리고 남녀 감정이 시간이 지나야 생기나? 첫눈에 보고 반할 수도 있지."

"무슨 저한테 한눈에 보고 반하겠어요? 말도 안 돼요."

연희는 웃으며 고개를 저었다.

사실 단아한 인상의 그녀는 병원 내에서도 손꼽히는 미녀라 인기가 많았다.

그녀에게 대시한 의사들의 숫자도 하나둘이 아니었다.

"호호, 기집애. 하여튼 좋겠네. 내가 내과 병동에 물어보니 저 인턴 선생님 참 사람 괜찮다는데. 착하고, 착실하고, 일 잘하고, 환자들한테 친절하고. 한번 잘해봐.'

"무슨… 아니에요."

그때 다른 간호사가 지나가며 호통을 쳤다.

"자자, 잡담하지 말고 일하세요!"

"아, 네!"

그리고 그들은 일에 집중했다.

한편 진현은 일에 집중할 수가 없었다.

'무슨 이런 막장 아침 드라마 같은 일이?'

이전의 아내를 대일병원에서 만나다니. 그것도 그녀가 간호사라고?

'이전 삶 때는 분명 그냥 평범한 회사원이었는데? 어떻게 간호사가 된 거지?'

물론 간호사가 될 수도 있다.

홍콩의 나비가 날갯짓만 해도, 런던에서 태풍이 불 수 있거늘, 수많은 변수가 있는 인생에서 이전의 삶과 똑같은 직업을 가지란 법칙은 없으니까.

실제로 그의 주위만 해도 바뀐 게 얼마나 많은가?

일진인 김철우가 경찰을 지망하고, 꼴찌인 황문진이 의사가 되었는데, 그녀가 간호사를 못할 이유도 없었다.

하지만 문제는 하필 간호사를 해도, 이곳 대일병원에서 일하고 있단 사실이었다! 그것도 외과 병동에서!

신경 안 쓰려고 해도 자꾸만 눈길이 갔다.

그럴 수밖에 없었다. 못난 결혼생활 후 미안함만을 남기고 헤어졌으니까.

'됐어. 이전 삶의 인연일 뿐, 지금은 전혀 상관없는 남남이야. 신경 쓰지 말자.'

애써 생각했다.

하지만 자꾸만 이전의 일들이 떠올랐다.

'이 방법밖에 없겠죠? 나 그래도 노력 많이 했었는데.'

'그래도 사랑했어요.'

이혼할 때 그녀가 남긴 말들.

그녀가 그에게 마지막으로 흘린 눈물이 가슴을 흔들었다.

조금만 잘해주었다면, 그랬다면 이렇게 씁쓸한 후회가 남지 않았을 텐데.

다시 만난 그녀는 조금 더 앳된 외모를 제외하면 이전과 똑같았다.

단아한 외모에 차분한 태도, 부드러운 말투. 그와 결혼생활을 할 때와 하나도 다르지 않았다.

하지만 그래서?

진현은 피식 웃었다.

그래서 사귀기라도 할까?

어차피 그녀는 자신을 모른다.

더구나 이전 삶에서 행복한 인연도 아니었으니 그냥 이대로 각자의 삶을 살면 된다.

'집중하자. 집중해.'

그는 최대한 그녀를 외면하고 자신의 일에 집중했다.

하지만 병동이란 게 원채 좁아 그녀와 싫든 좋든 계속해서 마주칠 수밖에 없었고, 마주칠 때마다 그녀는 그의 속도 모르고 친절하게 미소 지었다.

'잘 웃는 것도 똑같구나.'

이전 삶 때도 그녀는 친절한 웃음을 달고 살았었다.

그렇게 이전 생각이 날 때마다 어쩔 수 없이 시선이 그녀에게 갔다.

그렇게 불편한 마음으로 지내던 어느 순간이었다.

선반에서 무거운 물건을 내리던 이연희가 외마디 비명을 질렀다.

"아……?!"

키가 안 닿아 발끝을 올려 박스를 꺼내던 중, 손이 미끄러진 것이다.

무거운 박스가 그대로 그녀의 얼굴에 떨어지려는 순간!

탁!

누군가 그 박스를 대신 받아줬다. 놀란 이연희는 고개를 돌렸다.

김진현이었다.

"아… 가, 감사합니다."

그러면서 그녀는 의아한 마음이 들었다. 어떻게 보고 도와줬지?

김진현은 고개를 저었다.

"아닙니다. 조심하십시오."

별다를 것 없는 일이었지만 그 후부터는 이연희도 진현의 눈길을 의식하게 되었다.

선임 간호사가 키득 웃으며 이연희에게 말했다.

"봐, 너 좋아하는 것 맞다니까?"

"아니에요."

"에이, 기집애. 아니긴 뭐가 아니야? 딱 보면 나오는구만. 하여튼 괜찮아 보이는데 잘해봐!"

"아, 아니라니까요."

이연희는 고개만 저었다.

그런 그녀의 하얀 볼이 살짝 붉게 물들었다.

2장

외과의 유망주(?)

그리고 시시껄렁하게 시간이 지났다.

이상민은 외과 수술장에서 탁월한 어시스트 실력을 보이며 두각을 드러냈다.

"역시 한국대 차석이구나! 대단해."

매끈한 외모, 뛰어난 실력, 윗사람에게 착실한 태도, 친절한 행동.

뭐 하나 나무랄 것이 없었다.

그렇게 이상민은 짧은 시간 만에 외과의사들에게 인정받았다.

반면 한국대 수석인 진현은 존재감 없이 하루하루를 보

냈다.

큰 사고 없이, 남들 눈에 안 띄게, 적당히 괜찮은 인상으로, 란 그의 모토에 맞는 일상이다.

단, 평탄한 일상에도 문제가 하나 있었다.

그것은…….

"선생님, 안에 과일 있으니 드시면서 하세요."

이연희였다.

"괜찮습니다."

"그러지 말고 좀 드세요. 아까 점심도 못 드셨잖아요."

"바빠서……."

"그러면 안에 과일 주스라도 드세요."

그녀는 친절히 웃으며 말했다.

진현은 속으로 한숨을 내쉬었다.

물론 이게 특별한 감정이 있는 친절이 아닌, 누구에게나 베푸는 일상적인 친절임을 안다.

그래도 다른 사람도 아닌, 전의 아내였던 그녀가 그러니까 기분이 이상했다.

'자꾸 이러면 예전 생각이 난단 말이지.'

'여보, 아침 먹고 가요. 시간 없으면 과일이라도 먹고 가요.'

그녀는 이전 삶 때도 과일을 많이 권했었다.
씁쓸한 기억에 진현은 급히 자리를 피했다.
“아닙니다. 72호실 환자분 빨리 소독해야 해서…….”
도망치듯 떠나는 그를 보고 이연희는 고개를 갸웃했다.
“왜 저러시지?”
빠르게 걸으며 진현은 생각했다.
‘곤란해. 빨리 외과 순환근무가 끝나야지.’
한 달간에 순환근무가 끝나고 후에 피부과를 전공하면 이 넓은 대일병원에서 더 이상 그녀를 볼 일도 없다.
‘어차피 이제는 나와는 상관없는 인연. 각자의 삶을 사는 게 나아.’
그는 되뇌듯 중얼거렸다.
하지만 일은 그가 원하는 것처럼 쉽게 흘러가지 않았다.
어느 날, 병동에서 일을 하고 있던 중이었다. 갑작스레 고성이 울려 퍼졌다.
“빨리 해주라고, 이년아! 우리가 우습게 보여?!!”
“그런 게 아니라 주치의 선생님이 지금 수술장에 계셔서…….”
“수술장이고 나발이고 언제까지 기다리게 할 거야? 아침부터 계속 기다렸는데!!”
“정말 죄송합니다.”
한 보호자가 삿대질을 하며 화를 내고 있었고, 이연희는 연신 고개를 숙이며 사죄를 했다.

'무슨 일이지?'

진현은 인상을 찌푸렸다.

"빨리 소독해 달라고! 진물로 다 젖었는데 언제 해줄 거야, 이놈들아!! 환자를 이렇게 기다리게 해도 돼?"

"죄, 죄송합니다. 하지만 의사 선생님이 수술장에 들어가 있어서… 금방 나올 테니 조금만 더 기다려 주십시오."

대충 보니 소독을 할 의사가 수술장에서 나오지 못해 벌어진 일로 보호자의 잘못도, 그녀의 잘못도 아니었다.

"아, 몰라! 그렇지 않아도 상처가 안 좋다면서 이렇게 놔두면 어떻게 해? 빨리 처리해!!"

보호자는 빨갛게 흥분하며 외쳤고, 이연희는 쩔쩔맸다.

"죄, 죄송합니다. 저희가 해드릴 수 있으면 지금 당장 해드리겠는데… 복합 상처여서 외과 선생님이 아니면 소독을 할 수가 없어… 죄송합니다."

보호자가 다시 소리를 치려는 순간, 누군가 그들 사이에 끼어 들었다.

"제가 소독해 드리겠습니다."

김진현이었다.

이연희는 놀라 말했다.

"단순 수술 후 상처가 아니라, 감염과 장액종이 심하게 겹쳐 선생님께서 소독할 수 없는 상처예요. 봉합을 다 풀어놔

내부 장기가 다 보이는 상태라 레지던트 선생님도 자신 외에 아무도 건들지 말라고 당부하셨어요."

감염과 장액종이라… 아무것도 모르는 인턴이 건드릴 상처는 아니긴 했다.

하지만 진현은 고개를 저었다.

"괜찮습니다. 거즈와 철제 드레싱 세트, 소독약 준비해 주세요."

"하, 하지만……."

"어차피 레지던트 선생님 수술 끝나려면 멀지 않았습니까? 진물에 다 젖었다면 그때까지 기다리는 것도 상처에 좋지 않습니다."

"만약 소독 잘못되면 주치의 선생님이 크게 화내실 텐데……."

"괜찮습니다. 준비해 주십시오."

차분한, 알 수 없는 신뢰를 주는 목소리였다.

이연희는 혼란스러운 얼굴로 진현이 부탁한 물품을 준비해 주었다.

"여기 준비됐어요. 그런데 저 때문에 이러시는 거면 괜찮은데… 혹시라도 잘못되면……."

염려 가득한 목소리였다.

어려운 상처에 소독을 잘못해 진현이 징계라도 먹을까 걱정되는 듯했다.

"괜찮습니다."

짧게 답한 진현은 물품을 들고 병실로 들어갔다. 연희도 뒤따랐다.

환자가 누워 있는 침상에 다가가니 썩는 듯한 냄새가 화악 밀려왔다.

"소독해 드리겠습니다."

"그런데 인턴 선생님 아니세요? 상처가 안 좋은데 인턴 선생님도 소독할 수 있어요?"

보호자는 미심쩍은 눈으로 진현을 바라봤다.

"네, 걱정하지 마십시오. 금방 해드리겠습니다."

그러고 그는 조심스레 거즈를 벗겨, 상처를 드러냈다.

'상처가 정말 안 좋긴 하군.'

살이 문드러진 듯한 악취가 코를 찔렀다.

피하 조직은 염증이 심해 새빨갰고, 피가 스멀스멀 흘러나왔다.

그뿐 아니라 상처의 전장에서 샛노란 진물이 새어 나왔고, 고육지책으로 배를 열어놔 상처 뒤로 시뻘건 내장이 보였다.

더러워진 거즈를 조심스레 모두 제거하며 생각했다.

'조금 더 제대로 소독하는 게 좋을 텐데.'

나름 주치의가 신경 써서 소독한 듯했지만, 완벽한 소독은 아니었다.

'이런 상처엔 저런 방법보다 패킹(Packing)을 다른 식으로

하는 게 나은데.'

그는 먼저 붉은 소독약으로 상처를 꼼꼼히 닦았다.

환자가 통증에 인상을 찌푸렸다.

"으……."

진현은 환자를 달랬다.

"네, 살짝 아픕니다. 금방 끝나니 잠시만 참아주십시오."

그리고 상처를 살피다 그의 눈에 검게 변한 조직이 들어왔다.

'완전히 조직이 죽었구나. 이거 그대로 놔두면 문제가 될 텐데 어떻게 하지?'

못 본 척하면 편하겠지만, 그렇지 않아도 안 좋은 상처 회복에 문제가 생길 확률이 높다.

'괜히 건드렸다 또 이상한 소문이 나면 어떻게 하지?'

괴사된 조직을 제거하는 인턴이라. 누가 봐도 이상했다.

하지만 그는 고민하다 결정했다.

'어차피 다른 사람들이 보는 것도 아니니. 소문이 나진 않겠지.'

진현은 연희에게 부탁했다.

"여기 조직이 검게 죽은 것 같아 좀 쳐내는 게 나을 것 같네요. 블레이드(Blade) 부탁드립니다."

블레이드. 조그만 칼을 뜻한다.

"아, 네!"

급히 연희가 블레이드를 가져오자 진현은 환자와 보호자에게 간단히 설명했다.

“이렇게 검게 변해 괴사된 조직은 회복을 방해합니다. 가만히 놔두면 안 좋을 가능성이 높으니 제가 살짝 정리를 해드리겠습니다. 아프지는 않을 것입니다.”

그러면서 죽은 조직들을 쳐내는데, 손놀림이 범상치 않다.

그 손놀림에 연희는 깜짝 놀랐다.

‘뭐, 뭐야? 어떻게 저렇게?’

외과 주치의보다도 훨씬 능숙한 움직임이다.

그렇게 몇 분도 안 돼 검은 조직들을 쳐낸 진현은 소독약에 거즈를 적신 후 벌어진 상처에 채워 넣었다.

“다 됐습니다.”

환자는 고마운 목소리로 말했다.

“감사합니다, 선생님. 원래 선생님보다 훨씬 소독 잘하시네요. 지금 참 시원합니다.”

보호자도 옆에서 말했다.

“그러게요. 앞으로도 그냥 선생님이 소독해 주면 안 돼요? 주치의 선생님보다 훨씬 친절하고 소독도 잘하시네.”

진현은 곤란한 얼굴을 했다.

“아닙니다. 저 같은 인턴보다는 주치의 선생님이 훨씬 잘하시니 앞으로도 소독 잘 받으세요.”

“아닌데… 선생님이 더 잘하는 것 같은데. 선생님한테 소독받으면 상처도 금방 나을 것 같아요."

"그래, 지금 주치의는 불친절하고 소독도 빨리 안 해주고! 차라리 인턴 선생님한테 받는 게 낫겠어."

이대로 있다가는 주치의를 바꿔달라고 할 기세라 진현은 급히 병실을 빠져나왔다.

'보호자가 주치의한테 쓸데없는 이야기하면 안 되는데.'

걱정을 하며 다른 일을 처리하러 가려는데, 연희가 그를 불러 세웠다.

"저, 김진현 선생님."

"네?"

"고마워요."

그녀는 고개를 숙였다.

"선생님 아니었으면 크게 곤란할 뻔했어요. 도와줘서 정말 고마워요."

"아닙니다. 다 같이 환자를 보는 일인데 신경 안 쓰셔도 됩니다."

진현은 고개를 저었다.

하지만 이연희는 감사의 표시를 하고 싶은 눈치였다.

"아니에요. 감사의 의미로 제가 식사라도 한 끼 대접하고 싶은데 나중에 괜찮으세요?"

"……!"

그는 놀란 눈으로 그녀를 바라봤다. 그녀는 단아하게 웃으며 그를 마주봤다.

'무슨 생각이지? 식사를 같이하자니?'

물론 의사랑 간호사랑 따로 병원 밖에서 식사를 하는 경우가 없지는 않다.

하지만 그녀랑 식사를 한다고?

단둘이?

"정말 괜찮습니다. 신경 쓰지 마십……."

그때 그녀가 서운하다는 듯 말했다.

"선생님은 저랑 식사하기 싫으세요?"

"……!"

"지금까지 여러 일들 많이 도와주셔서 식사라도 한 끼 대접하고 싶은데… 어려울까요?"

아쉬운 목소리에 진현의 눈동자가 흔들렸다.

'이런 젠장.'

이전 삶의 아내가 저렇게까지 말하면 거절할 방법이 없다.

"알겠습니다. 나중에… 그러니까 나중에 먹읍시다."

"네, 좋아요. 그러면 다음에 연락할게요."

연희는 생글생글 웃으며 돌아섰다.

진현은 한숨을 내쉬었다.

'갑자기 웬 식사야? 딱 밥만 먹어야지.'

*　　*　　*

그런데 그날 저녁, 누군가 진현을 콜(Call)했다.

—김진현? 지금 바로 외과 의국(醫局)으로 올 수 있나?

"아, 네. 지금 가겠습니다."

전화를 끊고 진현은 고개를 갸웃했다.

'외과 레지던트인데? 무슨 일이지?'

뭔가 목소리가 좋지 않았다.

기분 나쁜 예감을 받으며 진현은 외과 의국으로 향했다.

의국은 의사들이 업무를 처리하며 휴식을 취하는 의사들만을 위한 공간이었다.

그런 공간답게 컴퓨터, 서류, 수술복, 음식 쓰레기 등이 난잡하게 널려 있었다.

"김진현입니다."

"왔나?"

진현을 불렀던 외과 레지던트, 이기성이 등도 안 돌린 채 까닥까닥 마우스를 클릭했다.

"거기서 잠깐 기다려."

뭔가 불만이 가득한 목소리에 진현은 보이지 않게 눈썹을 찌푸렸다.

'뭐지? 특별히 잘못한 것은 없는데?'

곰곰이 생각해 봐도 심기를 거슬릴 만한 일을 한 적이 없었다.

한 10분 정도, 진현을 옆에 세운 채 본인의 일만 보던 외과 레지던트 이기성이 의자를 옆으로 돌렸다. 그리고 다리를 꼬며 진현을 바라봤다.

"야, 내가 처음에 너희 인턴들 보고 뭐라고 말했냐?"

난데없는 물음이었다.

이기성은 짜증을 내었다.

"내가 너희 처음에 만났을 때 다른 것은 하나도 안 바라니 사고만 치지 말라고 했어, 안 했어?

"……!"

사고? 내가 사고를 쳤다고? 그런 일은 없었는데?

"저… 어떤 일을 말씀하시는지?"

"어떤 일? 몰라서 물어? 누가 복합 감염 상처를 네 마음대로 건들래? 넌 그 상처가 인턴 나부랭이가 건들 상처라 생각해?"

오늘 오전에 있었던 일을 이야기하는 듯했다.

하지만 특별한 문제는 없었는데?

오히려 완벽한 상처 소독에 환자와 보호자도 굉장히 만족했었다.

"네가 쓸데없이 잘못 소독해 놔서 내가 얼마나 곤란했는지 알아? 보호자랑 환자가 나한테 인턴보다 소독을 못하면 어떻게 하냐고 엄청 컴플레인(Complain)했어. 이제 의사 된

지 두 달도 안 된 놈이 소독에 대해 뭘 안다고 그딴 식으로 해놔?"

자존심 상한 목소리다.

그 말에 진현은 사태를 짐작했다.

'컴플레인 들어 짜증났구나.'

진현의 깔끔한 소독에 보호자가 레지던트에게 불평을 한 듯하다.

인턴 선생님보다 소독을 못하면 어떻게 하냐고.

'패킹(Packing)을 너무 느슨하게 하니까 그렇지. 죽은 조직도 하나도 손보지 않고.'

진현은 속으로 혀를 찼다.

본인이 평소에 잘못 소독해서 불평을 들어놓고 나에게 짜증이라니?

"듣자니 칼로 죽은 조직도 쳐냈다고? 너 환자가 네 마루타인 줄 알아? 그러다 잘못되면 어떻게 하려고?"

옳은 일을 해놓고도 듣는 부조리한 꾸지람이었다.

그런데 그때, 끼익 의국 문이 열리며 너저분한 머리의 레지던트가 들어왔다.

이기성과 같은 파트의 치프인 최수호였다.

"뭐하냐?"

"아, 치프. 여기 인턴이 잘못을 해서 혼내고 있었습니다."

"잘못? 김 선생이잖아. 김 선생 일 착실히 잘하던데. 무슨 잘못을 했어?"

이기성은 진현이 복합 상처를 소독한 일을 이야기했다.

치프 최수호가 턱을 만졌다.

"아, 그 상처. 나도 봤는데."

"네, 제가 마저 혼내겠습니다."

"잘했던데?"

"네?"

이기성이 멍하니 반문했다. 뭐라고?

"잘했더라고. 아주 훌륭하게. 난 이기성 네가 한 건 줄 알았는데, 김진현 선생이 한 거였어?"

그러면서 최수호는 진현을 돌아봤다.

"김 선생, 아주 잘했어. 어떻게 그렇게 복합 상처를 깔끔히 처치한 거야? 난 인턴 때 꿈도 못 꾸었는데. 내가 처치한 것보다 나아 보이던데?"

치프의 눈이 감탄으로 물들었다.

이기성이 떠듬떠듬 말했다.

"하, 하지만… 칼로 조직도 자르고……."

최수호가 인상을 찌푸리더니 버럭 화를 냈다.

"야, 인마! 죽은 조직을 잘라야지, 그러면 그걸 보고도 그냥 놔둬? 썩어 들어가 감염 심해지면 어떻게 하려고!"

"……!"

이기성의 얼굴이 흙빛이 되었다.

"네가 지금까지 소독을 제대로 안 해서 상처가 그렇게 안 좋아진 것 아니야, 새X야! 그렇지 않아도 언제 날 잡아 한번 혼내려 했는데, 이놈이 자기 잘못도 모르고 헛소리를 하고 있네. 인턴이 너 대신 조직을 칼로 쳤으면, 부끄러워해야지 오히려 혼내고 있어? 네가 지금까지 소독을 어떻게 잘못했는지도 모르는 거지? 엉? 네가 그러고도 외과의사야?!"

수술을 하는 외과의사답게 터프한 나무람이었다.

이기성은 꿀 먹은 벙어리가 되어 고개를 숙였다.

"죄, 죄송합니다."

"내일까지 복합 상처 소독법에 대해서 다시 공부해 와! 제대로 공부 안 해오면 각오해!"

"네, 네!"

치프 최수호는 숨을 크게 내쉰 후, 진현을 돌아봤다.

그리고 아까 전과는 딴판인 부드러운 목소리로 말했다.

"하여튼 복합 상처 소독이 참 어려운데… 김 선생의 소독은 완벽했어. 훌륭해. 한국대 수석이라 그런가?"

"아, 아닙니다.

"그래서 그러는데……."

치프 최수호는 잠시 말을 멈췄다. 진현이 의아한 표정을 짓는 순간.

"김 선생도 수술장에 들어오는 건 어때?"

"네?"

“아니, 병동에만 있기에는 아까운 손재주인 것 같아서. 조만간 수술장에 들어와.”

진현은 곤란한 얼굴을 했다.

“저… 수술방은… 제가…….”

“왜?”

진현은 고민했다.

수술방은 무조건 싫은데 어떻게 하지?

“수술방은 제가 잘 안 맞아서… 죄송합니다.”

치프 최수호가 시원한 웃음을 터뜨렸다.

“하하, 수술방이 처음부터 맞는 사람이 어디 있어? 나도 수술방 힘들어. 그래도 다 좋은 경험이니 들어와봐. 그리고 김선생 잘할 것 같은데?”

진현은 똥 씹은 마음이 들었다.

‘수술방에 들어오라고?’

곤란한 일이었다.

* * *

서울의 전경이 한눈에 들어오는 이사장실.

이사장 이종근은 민 비서의 보고를 받았다.

“이상민 선생님은 외과에 순조롭게 적응하신 듯합니다. 위의 인사 평도 굉장히 좋고, 여러 업무 처리 능력도 탁월하다는 평가입니다."

"그래요. 다행이네요."

외과는 이상민이 자리를 잡아야 할 과였다.

적통인 이범수가 죽어 이상민밖에 병원을 물려줄 자식이 없는 지금, 가문의 다른 이들의 불만을 잠재우기 위해 반드시 병원에서 압도적인 두각을 드러내야 했다.

'쯧, 이범수 그놈은 왜 자살을 해가지고. 그놈만 살아 있었으면 이렇게 신경 쓸 필요도 없을 텐데.'

이상민의 일을 챙기려니 짜증이 났으나 어쩔 수 없다.

호시탐탐 대일병원의 소유권을 노리는 형제들을 견제하기 위해선 후계자인 이상민이 완벽한 모습을 보여야 했다.

"김진현이란 인턴 선생님은요?"

"내과 때와 달리 특별한 모습은 보이지 않고 있습니다. 단, 얼마 전 병동에서 수술방으로 근무처가 변경되었습니다."

"그래요?"

"네."

이종근은 손으로 턱을 괴었다.

'김진현이 수술까지 잘하진 않겠지?'

"김진현 선생은 누구의 수술에 배치될 예정인가요?"

"아마 파트상 강민철 교수님의 수술에 배치될 것 같습니다."

그 말에 이종근은 미소를 지었다.

"그거 참 김진현 선생한테 불행한 일이군요. 처음 수술장에 들어가는데, 강민철 교수 같은 까다롭고 힘든 집도의(執刀醫)의 수술에 배치되다니."

강민철 교수는 간이식의 전문가로, 국내에서 첫손에 꼽히는 대가(大家)였다.

한국대 병원이든, 광혜 병원이든, 기독 병원이든, 어디를 둘러봐도 간이식 하나만큼은 강민철 교수가 최고였다.

단, 뛰어난 실력에 걸맞게 성격이 외골수였는데 수술할 때 지독히 무섭기로 유명했다.

조금의 실수도 용납하지 않아, 눈물을 흘리며 쫓겨난 보조 외과의사가 한두 명이 아니었다.

'이번에야말로 김진현도 눈물 좀 쏟겠군. 날 때부터 메스를 물고 태어나지 않는 한, 강민철의 수술을 견딜 리가 없으니.'

아무리 날고 기는 인재라도 인턴은 인턴.

수술장에 처음 들어가면 실수를 할 수밖에 없다.

그건 재능의 차이가 아닌, 경험의 차이이기 때문이다.

'얼마 만에 쫓겨 나오는지 한번 지켜봐야겠군.'

이종근은 느긋한 마음으로 생각했다.

*　　*　　*

한편 그때 대일병원 지하 깊숙이 위치한 회의실에 두 명의 인영이 조용히 대화를 나누고 있었다.

한 인영이 공손히 말했다.

"일단 시키신 대로 진행하고 있습니다."

"네, 좋아요."

호리호리한 체구를 가진 다른 인영이 고개를 끄덕였다.

"저… 실례지만 어째서 이런 일을 하시는 것인지?"

그 물음에 인영은 답을 하지 않았다.

질문을 한 인영은 고개를 숙였다.

"죄송합니다. 쓸데없는 것을 물어서."

"아니에요. 하여튼 가급적 김진현 선생님이 외과를 전공할 수 있도록 잘 유도해 주세요."

"네."

"이후 기획실장님의 수고는 제가 잊지 않을게요."

그 말에 공손한 말투의 인영, 기획실장이자 대일병원에서 다섯 손가락 안에 들어가는 핵심 실력자인 송병수는 고개를 숙였다.

"네, 최선을 다하겠습니다."

그렇게 병원 높은 곳에서 김진현을 가운데에 놓고 일들이 진행되어 갔다.

물론 오로지 피부과만을 바라는 진현은 전혀 모르는 일들이다.

* * *

“진현이, 너도 이제 수술방 들어오기로 한 거야? 병동보다는 수술장이 훨씬 힘든데.”

이상민이 웃으며 진현을 맞았다.

“그래.”

“어쨌든 같이 수술장에서 일한다니 좋네. 잘해보자.”

진현은 고개를 끄덕였다.

“그래, 잘해보자.”

이상민은 수술장에 능숙히 적응한 듯했다.

뭐든지 척척 잘하는 놈답게 벌써 외과 선생님들에게 일 잘하는 인턴으로 인정을 받고 있었다.

‘인정이고 나발이고… 수술장이라…….’

진현은 주변을 둘러보았다.

감성을 일체 배제한 무뚝뚝한 공간이 눈에 들어찼고, 무기질의 익숙한 냄새가 코를 찔렀다.

추억과도 같은 예전 기억들이 떠오르며 아릿한 기분이 들었다.

병동과는 또 다른… 집에 온 듯한 편안한 느낌.

그의 의식은 부정하지만 몸은 본능적으로 이전 삶의 추억들을 기억하고 있었다. 살며시 떨리는 가슴이 그것을 증명했다.

진현은 나직이 한숨을 내쉬었다.

자꾸만 이전의 삶이 아릿하게 떠오르기에. 그래서 그는 수술방이 싫었다.

'됐어. 다 이전 일들. 이번 한 달만 잘 버티자.'

이번 달 외과 순환근무만 끝나고, 피부과를 하게 되면 영원히 수술방에 들어올 일이 없다. 이번 한 달만 잘 넘기면 된다.

그때 복합 상처 소독으로 치프에게 잔뜩 깨진 레지던트 이기성이 다가왔다.

"김진현 왔냐?"

"네."

"잘 인계받았지? 수술방에서 어리바리 까면 안 돼. 여기 이상민이처럼만 해."

꼭 잘하라고 당부하는 목소리다.

처음 수술장에 들어온 진현이 실수를 남발할까 걱정되는 듯했다.

"저는 오늘 어느 수술에 들어가면 됩니까?"

"너는 오늘 나와 같이 강민철 교수님의 간이식 수술에 들어갈 거다."

그 말에 진현은 놀라 되물었다.

그는 자신이 강민철 교수의 수술에 들어가는 것을 오늘 처음 들었다.

“강민철 교수님의 수술에 말입니까?”

“그래, 그렇게 배정이 됐어. 너도 소문은 들어서 알고 있겠지? 강민철 교수님은 인턴이라고 봐주지 않으니까 들어가면 무조건 잘해야 해.”

진현은 꺼림칙한 마음이 들었으나 어쩔 수 없었다.

대학 병원의 수술은 집도의인 교수, 첫 번째 어시스트인 레지던트, 그리고 말단 어시스트인 인턴으로 진행하는 게 기본이었다.

간이식 분야 최고의 대가(大家)인 강민철 교수의 수술도 예외는 아니어서, 무조건 인턴 한 명은 말단 어시스트로 들어가야 했고, 자신이 배정되었다면 따라야 했다.

“너 때문에 수술장 분위기 안 나빠지게 꼭 잘해.”

걱정이 되는지 이기성은 여러 번 당부했다.

간이식 수술이 진행될 수술방에 들어가니 모두가 긴장하고 있었다.

“아, 오늘 수술은 별일 없이 넘어가야 할 텐데.”

“오늘도 화 많이 내시겠지, 교수님?”

“난 강민철 교수님 수술 들어오는 날에는 전날 저녁부터 굶고 와. 수술 중에 너무 욕 먹어 체한다니까.”

수술을 준비하며 간호사들은 걱정을 했다.

레지던트 이기성도 긴장이 되는지 표정이 좋지 않았다.

그는 이번 달 내내 강민철 교수님과 매칭인 레지던트였는데 수술 중 좋은 이야기를 들은 적이 없었다.

얼마나 욕을 먹는지, 노이로제에 걸릴 지경이다.

'이전이랑 똑같구나.'

그 모습에 진현은 슬며시 미소 지었다. 뭔가 익숙한 긴장감이다.

나도 예전에 저랬었지.

'그나저나 하필 첫 수술 어시스트가 강민철 교수님이라니… 인연은 인연이구나.'

이전 삶에서도 그는 강민철 교수와 여러모로 인연이 깊었다.

'지금은 건강은 괜찮으신가? 심장이 안 좋으셨는데.'

이후 환자가 도착하고 진현은 이기성과 함께 수술 준비를 했다.

마취과 의사의 마취를 돕고, 소독을 하고, 방포를 덮고…….

그렇게 준비를 끝내고 간호사가 긴장된 목소리로 강민철 교수에게 전화를 했다.

"교수님, 수술 준비되었습니다."

—그래.

짤막한 대답 후, 곧 수술방에 날카로운 눈매를 가진 반백의 중년 남자가 들어왔다.

커다란 덩치, 고집스럽게 닫힌 입술, 국내 간이식 최고의 권위자 강민철 교수였다.

* * *

"준비 다 끝났나?"

"네, 교수님!"

레지던트 이기성이 뻣뻣이 굳어서 대답했다.

강민철 교수는 옆에 서 있는 진현을 바라봤다.

"인턴 선생인가? 간이식 수술은 처음이지?"

"네."

"수술을 할 땐 조금의 실수도 용납되지 않는다. 그러니 잘 해."

가슴을 내려 앉힐 듯 차가운 목소리였다.

진현은 묵묵히 답했다.

"네, 알겠습니다."

그리고 수술이 시작됐다.

* * *

숨쉬는 소리도 들리지 않는 적막 속에 수술이 진행됐다.

"메스."

조금이라도 늦으면 불호령이 떨어진다. 간호사가 번개같이 메스를 건넸다.

"보비."

절개와 응고를 동시에 할 수 있는 전기 칼을 쥐고 배를 가르기 시작했다.

찌잉! 찌잉!

살이 타는 냄새와 함께 복벽이 한 겹, 한 겹 열렸다.

"잘 잡어."

퍼스트 어시스트인 레지던트 이기성이 철제 기구로 복벽을 고정했다.

그러나 그때 강민철 교수가 가만히 이기성을 바라봤다.

"야."

"……!"

"똑바로 못하냐? 하나도 안 보이잖아."

"죄, 죄송합니다!"

이기성은 침을 삼키며 각도를 조정했다.

아직 제대로 수술을 시작도 안 했건만 분위기가 살얼음판을 걷는 듯했다.

이윽고 배가 완전히 열리고 본격적인 수술이 시작되었다.

"인턴 선생, 아미 들어. 아미 들어서 시야 확보해."

기역자 모양의 '아미'는 복벽이나 장기를 잡아당겨, 수술 시야를 확보하는 역할을 한다.

집도의와 첫 번째 어시스트가 수술에 집중할 수 있도록 시야를 확보하는 게 말단 어시스트인 인턴의 주요 업무였다.

"네, 알겠습니다."

진현이 아미를 들자 이기성을 비롯한 간호사들은 침을 삼켰다.

지금이 중요했다.

만약 인턴이 시작부터 제대로 시야를 확보 못하면 수술장은 불지옥으로 변한다.

턱.

다행히 진현은 놀라울 정도로 정확한 각도로 시야를 확보했다.

날카로운 강민철의 눈에 이채가 떠올랐다.

놀라운 일은 그게 끝이 아니었다.

수술 포커스가 변할 때마다 진현은 그것에 맞춰 적절히 시야를 조절했다.

마치 자동으로 카메라가 따라가는 듯한 움직임이었다.

어느 순간, 강민철은 메스를 멈추고 진현을 바라봤다.

"인턴 선생, 오늘이 처음이라고 안 했나?"

"네, 처음입니다."

"그런데 어떻게 이렇게 잘하지? 웬만한 외과의사들보다 훨씬 낫군. 계속 이렇게만 하라고."

그 칭찬에 이기성을 비롯한 수술장의 모든 사람은 혼비백

산한 표정을 지었다.

불화산 강민철 교수가 남을 칭찬하다니? 있을 수 없는 일이다.

'이럴 수가. 강민철 교수의 칭찬을 받다니. 고작 인턴 주제에. 그것도 수술장에 처음 들어왔으면서?

레지던트 이기성은 수술 마스크 뒤로 믿을 수 없다는 표정을 지었다.

자신은 숱하게 강민철 교수의 어시스트를 섰었지만 칭찬은커녕 욕만 산처럼 얻어먹었다. 심지어 얻어맞고 쫓겨난 적도 많다.

그때 강민철 교수가 이기성을 바라봤다. 그 눈빛에 흠칫 놀라는 순간이었다.

"너… 죽고 싶냐?"

"……!"

"제대로 집중 안 해?"

이기성은 입술을 깨물었다. 식은땀이 주륵 흘렀다.

"네, 죄송합니다."

"똑바로 해."

이기성은 땀을 뻘뻘 흘리며 집중했다.

하지만 강민철 교수의 욕을 듣지 않는 것은 보통 어려운 일이 아니었다.

국내 최고의 실력자답게 손놀림이 지나치게 뛰어나 그것

을 따라가는 것부터 벅찼고, 조금이라도 박자를 못 맞추면 곧바로 불호령이 떨어졌다.

"야! 똑바로 안 해!!"

"죄, 죄송합니다."

"뭘 꾸물대고 있어? 빨리 타이(Tie)해! 빨리!!"

역시나 수술장 분위기는 급속도로 안 좋아졌다.

쌍시옷 섞인 호통이 수술장에 난무했고, 진현이 한 치의 실수도 안 하는 바람에 모든 욕설은 이기성에게 집중되었다.

"너는 인턴보다도 못하면 어떻게 하냐? 제대로 좀 해라!!"

"죄, 죄송합니다."

창백하게 질려 땀을 뻘뻘 흘리는 모습이 안쓰러울 정도였다.

'그런데 저거 저러다 수술장에서 쫓겨나는 것 아니야?'

진현은 걱정이 들었다.

아니나 다를까, 한창 수술을 하던 중 이기성이 실수를 했다.

너무 긴장을 해서 혈관을 잡는 데 실패를 한 거다.

"야! 너 뭐하는 거야?! 너 자꾸 이런 식으로 할 거면 나가!"

이기성은 부들부들 떨리는 손으로 재차 시도했다.

하지만 극도의 긴장 때문일까? 또 실패해 버렸다.

강민철 교수가 버럭 소리를 질렀다.

"야! 너 나가!!"

화를 내자 심장이 아픈지 강민철 교수는 가슴을 움켜쥐었다.

지병으로 있었던 협심증 증상이었다.

한편 간호사들은 질끈 눈을 감았다.

레지던트가 쫓겨나는 건 흔하게 있는 일이어서 평소처럼 대처했다.

'어서 다른 레지던트 선생님 불러. 빨리 손 바꿔주지 않으면 큰일 나.'

'누굴 부르지? 다들 다른 수술방 들어가 있는 것 같던데.'

'몰라. 빨리 스케줄 빈 선생님 찾아서 불러.'

그런데 그때 돌발 상황이 발생했다.

가슴을 움켜쥐고 숨을 몰아쉬던 강민철이 외쳤다.

"야! 차라리 인턴이 하는 게 낫겠다. 인턴, 네가 해봐!"

"……!!"

모두가 놀라 진현을 바라봤다. 진현도 놀랐다.

"저 말입니까?"

"그래, 인턴이 너 말고 또 있어?! 빨리 해!"

진현은 침을 꿀꺽 삼켰다. 이건 인턴이 할 일이 아닌데 어떻게 하지?

강민철은 재차 독촉했다.

"빨리 안 하고 뭐해?!"

어쩔 수 없이 진현은 이기성과 자리를 바꿨다.

퍼스트 어시스트 자리에 서자 수술 시야가 한눈에 들어왔고 얇은 동맥에서 울컥울컥 피가 쏟아지고 있었다.

"빨리 혈관 잡아."

진현은 고민했다.

이걸 해야 하나?

머뭇거리자 강민철의 눈꼬리가 올라갔고, 진현은 눈을 질끈 감았다.

더 머뭇거리면 무슨 일이 일어날지 몰랐다.

'하아, 모르겠다. 성질 좀 죽이시지. 이전이랑 변한 게 없으시네.'

간호사가 건네준 수술용 실을 받은 그의 손이 춤을 추듯 움직였다.

교본 동영상을 보는 듯한, 원 핸드 타이(One handed tie)였다.

정교한 손동작 끝에 실이 동맥을 묶었고, 거짓말처럼 피가 멎었다.

"……!!"

쫓겨난 이기성이 눈을 부릅떴다. 옆에서 간호사들도 경악했다.

이게 무슨?

강민철은 덤덤히 말했다.

"그래, 그렇게 따라와."

"네?"

"거기서 잘 따라오라고."

"……!"

진현은 곤란한 표정을 지었다.

인턴인 나보고 퍼스트 어시스트를 서라고?

"저는… 인턴입니다."

"그래서? 저 멍청한 놈보단 잘하는구만."

"……."

"잔말 말고 똑바로 따라와!"

강민철은 한 치의 배려도 없이, 뚝딱뚝딱 수술을 진행했고 진현은 울며 겨자 먹기로 퍼스트 어시스트를 섰다.

간이식 수술은 크게 두 개의 파트로 나뉜다.

처음 환자의 간을 전부 들어내는 파트, 그리고 이후 다른 사람의 간을 이식하는 파트.

지금은 처음의 간을 들어내는 파트를 진행 중이었다.

강민철은 마치 맹장을 떼듯 간단히 간을 절제해 나갔다.

'이런 젠장. 레지던트도 아닌 내가 왜 퍼스트 어시스트를.'

진현은 속으로 욕설을 삼켰다.

그러나 못한다고 거부할 수 있는 분위기도 아니었고, 그렇게 했다간 주먹이 날아올지도 모른다.

"켈리! 그렇게 거기 잡고 있어."

"네."

마음속 곤란함과는 달리 진현의 몸은 반사적으로 강민철의 수술을 따라갔다.

혈관을 잡으면 켈리(수술용 가위 형태의 집게)를 주고, 아미(시야를 확보하는 도구)로 사각을 밝히고, 포셉(수술용 집게)으로 처치를 도우며, 피가 나면 지혈을 했다.

그 믿지 못할 어시스트에 강민철은 흡족한 표정을 지었고, 수술방의 다른 모든 이는 경악한 얼굴을 했다.

'무, 무슨? 말도 안 되는?'

인턴이 저런 어시스트라니?

그냥 레지던트가 아닌, 치프 레지던트도 저런 어시스트는 불가능했다.

마치 주니어 교수, 아니, 그 이상이 어시스트하는 듯한 모습이었다.

"자네, 정말 잘하는군. 이름이 뭐지?"

"김진현입니다."

"인턴이 맞나? 다른 병원에서 파견 나온 외과의사 아니야?"

"인턴입니다."

진현은 이를 깨물었다.

'곤란해. 일부러 실력을 감출 수도 없는 노릇이고…….'

초고난도의 간이식 수술에서 어떻게 실력을 감춘단 말인가?

만약 그가 실력을 감추려다 실수라도 해서 수술이 꼬인다면?

그건 의사로서의 양심이 허락하지 않았다. 아니, 의사의 양심을 떠나 있을 수 없는 일이다.

"저 교수님… 인턴인 저보다 다른 레지던트 선생님이 저보다 어시스트를 잘할 텐데… 손을 바꾸는 것은……."

진현은 조심히 말했다.

"자네 정도면 충분해!"

강민철은 딱 잘라 말했다.

실제로 충분했다.

진현의 활약 덕분에 수술장에 온화한 평화가 찾아 들었다.

진현은 마치 마음을 읽는 듯 강민철이 필요한 모든 부분을 보조했다.

그것도 한 걸음 앞서서.

말을 꺼낼 필요도, 손을 내밀 필요도 없었다.

다음 단계에 진행될 모든 내용을 읽듯 탁탁 보조를 맞췄다.

'어떻게 저럴 수가?'

수술 필드에서 쫓겨나 옆에 엉거주춤 서 있던 이기성은 그 모습을 보며 자신이 꿈을 꾸나 싶었다.

저 정도면 단순 어시스트의 수준이 아니다.

수술 전체를 깊게 이해해야 저런 보조가 나올 수 있는데… 고작 인턴이?

여러 사람의 경악을 뒤로하고 진현도 점차 수술에 빠져

들었다.

잡념이 사라지고 모든 정신이 수술 필드에만 집중되었다.

고도로 집중된 의식 속, 둘은 한 마디의 대화도 나누지 않고 수술을 진행해 갔다. 적막 속에서 서전(Surgeon)들 간의 깊은 교류가 수술장 위에 흘렀다.

'옛날 생각나는군.'

진현은 흐릿하게 생각했다.

이전 삶 때 강민철 교수와 수도 없이 수술했었다.

혼나기도 많이 혼났지만 그 와중에 많이 배워 강민철 교수는 진현의 스승이라 할 수 있었다.

그렇게 고요히 간 절제가 끝나갔다.

그때 수술 문이 조심히 열리며 젊은 남자가 들어왔다.

간이식 파트의 다른 교수, 유영수였다.

"교수님, 공여자의 간 절제가 끝났습니다."

간이식은 총 2개의 수술 팀, 이식을 받을 사람을 수술할 팀과 이식을 할 사람(공여자)의 간을 절제할 팀이 필요했다.

강민철 교수가 이식을 받을 사람의 간을 들어내는 동안, 다른 팀은 공여자의 간을 절제하는 것이다.

"그래, 우리도 다 끝났네. 준비된 간을 가져오게."

"네, 앞으로는 제가 어시스트 하겠습니다."

간이식 수술은 지금부터가 진정한 시작이었다.

타인의 간을 몸 안에서 연결시켜야 하므로 미세 혈관 봉합술 등의 고도의 기술이 필요했고, 이때부터는 같은 교수가 퍼스트 어시스트를 서는 경우가 많았다.

손을 닦고 수술 가운을 착의한 유영수 교수가 진현의 자리로 들어왔다.

"이제 내가 하겠네. 그런데 자넨 누군가? 못 보던 레지던트인데?"

처음 보는 진현의 얼굴에 유영수 교수는 의아한 표정을 지었다.

"인턴입니다."

"인턴? 인턴이라고?"

유영수 교수는 고개를 갸웃했다.

인턴이 강민철 교수의 퍼스트 어시스트를 섰다고? 말도 안 되는 일인데?

수술장에서 물러나며 진현은 그 눈빛에 곤란한 얼굴을 했다.

그도 이 상황이 난감하긴 마찬가지이다.

'어쩌다 퍼스트 어시스트를 서가지고.'

한숨이 나왔지만 어차피 돌발적인 일일 뿐이다.

이제 강민철 교수의 수술에 들어올 일도 거의 없을 테니 이런 일은 없겠지.

그런데 그때 강민철 교수가 청천벽력 같은 말을 했다.

"거기, 김진현 인턴이라고 했나?"

"네?"

"앞으로 내 수술은 네가 전담해서 들어와."

"…네?"

진현은 입을 벌렸다.

"저는 레지던트가 아니라 인턴……."

"뭔 말이 그렇게 많아? 아까 잘하던데 잔말 말고 앞으론 내 수술엔 네가 계속 들어와."

"……!"

그 강력한 지목에 모두들 깜짝 놀랐고 진현은 속으로 난감한 표정을 지었다.

'이런 제길, 잘못 걸렸다.'

*　*　*

외과 레지던트들 사이에 폭풍 같은 소문이 돌았다.

"야, 너 그 인턴 소문 들었어?"

"뭐?"

"김진현이라고. 강민철 교수님의 퍼스트 어시스트를 섰다는 인턴."

"뭐? 그게 말이 돼? 인턴이 다름 사람도 아닌, 강민철 교수님의 퍼스트 어시스트를 섰다고? 거짓말하지 마. 강민철 교수님 어시스트는 치프 레지던트 선생님도 제대로 못하는데 고작 인턴이?"

"거짓말 아니야. 나도 안 믿었는데 진짜인가 봐. 퍼스트 어시스트를 너무 잘 서서 강민철 교수님이 앞으로는 그 인턴보고 전담해서 들어오라 했대."

"하, 무슨 말도 안 되는……."

외과 레지던트들은 그 소설 같은 이야기에 눈을 동그랗게 떴다. 믿을 수 없었지만 분명한 사실이었다.

"이상민 그놈도 물건이라고 생각했는데 비교가 안 되네. 김진현 선생도 우리 외과 지망한대?"

"글쎄, 그건 잘 모르겠네. 그래도 그 정도 재능이면 수술에 관련된 과를 지망하지 않을까?"

"외과로 꼬셔봐야겠는데?"

원래 외과의사들의 관심사는 이상민이었다.

빼어난 외모, 뛰어난 실력, 한국대 차석.

더구나 외과를 지망하고 뭔가 배경이 심상치 않다는 소문도 있었으니까.

하지만 그 관심이 단번에 진현에게 옮겨갔다.

이상민이 잘해봤자 인턴 수준에서 잘하는 것이지 진현과는 비교가 되지 않았다.

그 소문들을 들으며 진현은 푸욱 한숨을 내쉬었다.

자꾸 왜 이런 일들이 생기는지 모르겠다.

이상민이 웃으며 말했다.

"좋겠네."

"뭐가 좋으냐?"

"위 선생님들한테 인정받아서."

"하나도 필요 없다. 너나 많이 가져가라."

진현은 고개를 저으며 푸념했다.

물론 윗사람에게 잘 보여 나쁠 건 없지만 과도한 주목은 사양이었다.

'어차피 외과를 할 것도 아니고, 난 그냥 피부과를 지원하는데 불이익이 안 갈 정도의 인사평가만 받으면 된다고.'

진현은 깊이 고민에 잠겼다.

'내과 때처럼 외과를 한다는 쓸데없는 소문은 안 돌겠지? 이상한 소문 돌기 전에 피부과에 인사를 가야겠어. 언제쯤 갈까?'

그때 이상민이 말했다.

"어쨌든 진현이는 항상 잘해서 좋겠어."

"뭘."

생각에 잠긴 진현은 건성으로 답했다. 그래서 그는 보지 못했다.

미소 띤 이상민의 눈이 차갑게 가라앉는 것을.

마치 뱀이 쥐를 보는 듯한 눈빛이었다.

3장

집도

그 뒤로 끔찍한 나날들이 이어졌다.

진현은 강민철 교수의 수술에 전담으로 불려 다녔다.

"오늘도 잘해보게, 김진현 선생."

"…네."

강민철 교수는 간만에 마음에 드는 어시스트를 찾아 신이 나는 듯했다.

수술도 늘려 잡고 손놀림이 한결 더 가벼워졌다.

"저녁에 할 일 있나, 김 선생?"

"…예?"

"요즘 고생 많은데 이번 수술 끝나고 술이나 한잔하러

가지."

"괜찮습니다. 오늘 당직이어서……."

진현은 식은땀을 흘리며 회피했다.

어째 강민철 교수님의 눈빛이 최대원 교수님을 닮아가는 것 같은데… 그냥 착각이겠지?

한편 원래의 매칭 레지던트인 이기성은 죽을 맛이었다.

"야! 너는 똑바로 좀 해라!!"

강민철은 진현에게만 따뜻할 뿐, 이기성에겐 불처럼 혹독해 조금의 실수만 있어도 곧바로 벼락같은 호령을 떨어뜨렸다.

이기성은 이를 악물었다.

호통보다 더 참을 수 없는 것은, 인턴이 퍼스트 어시스트인데 윗사람인 자신이 말단 어시스트를 서고 인턴보다 못한 실력을 보이고 있단 사실이다.

속된 말로 쪽팔림의 극치였다.

하지만 어쩔 수가 없었다.

'어떻게 저런 어시스트를?'

윗사람이고 아랫사람임을 떠나서 김진현의 어시스트는 그가 따라갈 수 있는 게 아니었다.

뭐랄까.

단순히 손놀림을 떠나서 진현의 어시스트에는 깊은 연륜과 경험이 엿보였다.

'하! 인턴에게 경험과 연륜이라니.'

이기성은 자신이 생각하고도 어이없는 발상이라 헛웃음을 흘렸다.

이제 의사가 된 지 두 달도 안 되는 인턴에게 경험과 연륜이라니?

하지만 그런 착각이 들 만큼 진현의 어시스트는 놀라웠다.

강민철 교수도 똑같은 생각을 한 듯했다.

"자네는 도대체 이 수술을 어디서 배운 건가?"

"……."

진현은 할 말이 없었다.

교수님께 직접 배웠습니다… 라고 답할 수는 없으니.

"외과를 돌기 전에 동영상으로 공부했습니다."

"……."

다들 황당한 표정을 지었다.

동영상으로 공부했다고?

진현도 본인의 설명이 궁색함을 알았다.

그렇다고 어떻게 하나?

사실대로 말할 수도 없고 더 좋은 답변이 없는걸.

그때 마침, 누군가 수술방에 들어와 진현을 구해주었다.

젊은 외과의, 유영수 교수였다.

"교수님, 하베스트(Harvest) 끝났습니다."

하베스트. 공여자의 간을 절제하는 것을 뜻한다.

이제 유영수 교수가 손을 바꿔줄 테니 진현은 안도의 한숨을 내쉬며 수술방을 나갈 준비를 했다.

그런데 강민철이 진현을 잡았다.

"어디 가나? 계속 수술해야지."

"……!"

유영수 교수가 놀라 물었다.

"교수님? 제가 들어오겠습니다."

"아니, 됐네. 이번 수술은 김진현 선생이랑 같이하지."

"네? 하, 하지만 현미경을 보면서 혈관 봉합술도 해야 하는데… 어떻게 인턴이랑?"

유영수 교수는 말도 안 된다는 표정이었다.

진현도 그 말에 동감했다.

인턴이 현미경 혈관 봉합술을 어시스트하는 병원이 세상에 어디 있는가?

'날 그냥 놔달라고!'

물론 수술 자체가 싫은 것은 아니다.

한때 삶의 모든 것을 바친 적도 있었으니까.

하지만 수술대 위에서 적색 필드를 바라보고 있으면 자꾸만 옛날 생각이 났다.

삶과 죽음의 경계에서 메스를 다루던 기억들.

그 아릿한 기억들이 자꾸만 가슴을 자극해 수술대 위에 서 있기 힘들었다.

그때 강민철 교수가 태연히 답했다.

"어려운 난이도의 환자도 아니고, 시간도 넉넉하니 슬슬 가르치면서 하겠네."

"…가르치신다고요? 인턴을요?"

그 황당한 말에 수술장의 모두가 입을 벌렸다.

진현도 똑같은 마음이었다.

'이게 무슨 말이야? 인턴인 나한테 그걸 왜 가르쳐?'

유영수 교수는 얼떨떨하게 말했다.

"알겠습니다. 근처에 대기하고 있을 테니 만약 문제가 있으면 연락주십시오. 곧바로 달려오겠습니다."

"그래, 알겠네."

"아, 교수님. 요즘 혹시 가슴은 괜찮으십니까?"

강민철 교수는 지병으로 협심증을 앓고 있었다.

하지만 그는 별걸 다 묻는다는 듯 웃었다.

"요즘은 김 선생 덕분에 화를 덜 내서 그런지 괜찮네. 걱정 말게."

"무리하지는 마십시오."

"그래, 괜찮으니 나가 보게."

수술장에 남은 진현은 유영수 교수의 말을 생각했다.

'그러고 보니 강민철 교수님의 심장이 문제를 일으킬 때가 되긴 했구나. 이맘때쯤 심근경색이 와서 쓰러지셨다고 들었는데. 별문제는 없겠지?'

그때 강민철이 진현을 바라봤다.

"앞으로도 계속 잘해보자고, 김 선생."

"…네."

진현은 내키지 않은 목소리로 답했다.

* * *

그 뒤 더욱 놀라운 소문이 퍼졌다.

간이식 최고의 대가인 강민철 교수가 인턴인 김진현을 직접 가르쳤다는 소문이었다.

현재 주니어 교수인 유영수가 강민철의 가르침을 받기 위해 들였던 노력을 생각하면 경천동지할 이야기였다.

더욱 놀라운 것은 소문이 한 치의 거짓도 없는 사실이란 거였다.

"강민철 교수가 김진현을 후계자로 삼았다며?"

심지어 이런 이야기도 돌았다.

덕분에 외과의사들의 관심은 오로지 김진현에게 쏠렸다.

처음에 반짝 주목받던 이상민은 관심 밖으로 밀려난 지 오래였다.

"너 인턴한테 비교당해서 힘들겠다?"

동료 레지던트가 맨날 깨지는 이기성을 위로했다.

"그래, 죽겠다. 뭐라고 할 수도 없고… 인턴이 퍼스트 어시스트를 서는데, 윗사람인 나는 말단 어시스트를 서면서 구박이나 당하고……."

이기성이 푹푹 한숨을 내쉬었다.

그때 동료가 조언했다.

"그냥 네가 말단 어시스트를 서지 말고, 인턴 들여보내. 어차피 시야만 확보하면 되는 말단 어시스트를 네가 설 필요는 없잖아."

"그래도 괜찮을까? 아무리 그래도 강민철 교수님의 수술에 인턴만 들여보내기가……."

"어차피 김진현 그놈이 레지던트 이상의 몫을 한다며? 그리고 말단 어시스트로 인턴 중 빠릿빠릿한 놈을 들여보내면 되지. 이상민이 그나마 잘하지 않을까?"

이기성은 이상민을 떠올렸다.

확실히 맨들맨들한 얼굴에 일 잘하는 이상민이라면 말단 어시스트로 부족함이 없을 거다.

"그래, 앞으로는 이상민을 말단 어시스트로 들여보내야겠다."

물론 괴물 인턴 김진현이 아닌 한, 욕은 작살나게 듣긴 할 거다.

이기성은 김진현 옆에서 비교당하며 욕을 바가지로 들을 이상민이 불쌍한 마음이 들었지만 어쩔 수 없었다. 그도 더 이상 욕먹기 싫었다.

그렇게 이상민과 김진현이 강민철 교수의 어시스트로 결정되었다.

* * *

"네가 강민철 교수님의 세컨드 어시스트(Second assist)로 들어온다고?"

진현은 이상민에게 물었다.

"응, 그렇게 들어가기로 했어. 잘 부탁해."

웃음 띤 얼굴로 말하는 이상민에게 진현은 떨떠름히 고개를 끄덕였다.

"그래."

'이놈이 괜찮을까?'

항상 가면 같은 미소를 띠고 있지만 진현은 어렴풋이 이상민의 속을 느끼고 있었다.

같이 지낸 시간이 벌써 10년이니 모르는 것도 이상했다.

이 녀석은 자존심이 강했다.

그것도 극도로.

이런 녀석이 강민철 교수님의 수술에 들어와서 꾸지람을 들어도 괜찮을까?

'모르겠다. 내가 어쩔 수 있는 사안이 아니니.'

긴장 속에서 수술이 시작되었다.

강민철 교수는 이상민을 보고 입을 열었다.
"처음 보는데? 인턴 선생인가?"
"네."
"이름이?"
"이상민입니다."
"그래?"
강민철은 '이상민' 이란 이름에 인상을 찌푸렸다.
그는 '이상민' 이란 이름을 들은 적이 있었다.
최근에 이사장 측 비서실에서 외과의 높은 교수들에게만 넌지시 알린 이름이다.
"난 네가 누군지 신경 안 쓴다. 내가 신경 쓰는 것은 수술대 위의 환자뿐이니 잘해."
뼈가 담긴 말이었다.
긴장된 공기 속 수술이 시작되었다.
진현은 이상민이 호통을 듣지 않도록 평소보다 더욱 집중하여 수술을 어시스트하였다.
사각사각. 찌잉!
묵빛 고요한 공간에 수술도구 움직이는 소리만 들렸다.
그러던 어느 순간, 강민철이 이상민의 손에 수술도구를 쥐여 주었다.
"잘 잡아. 시야 잘 보이게 확보하고."
짧은 목소리.

김진현은 괜히 자신이 긴장이 되었다.

'잘할 수 있을까? 조금이라도 마음에 안 들면 불호령이 떨어질 텐데.'

하지만 걱정은 기우였다.

이상민은 진현이 놀랄 정도로 멋지게 세컨드 어시스트의 역할을 수행해 나갔다.

'대단하구나.'

진현은 감탄했다.

김진현 본인이 할 생각은 아니긴 하지만 이상민 이놈은 진짜 타고난 천재였다.

별로 노력하는 것 같지도 않은데 못하는 것이 없었다.

"크흠! 이번 인턴들은 훌륭한 선생이 많군."

강민철도 다소 놀란 눈치다.

처음의 걱정과 다르게 수술은 순조롭게 진행되었다.

티끌 하나만 어긋나도 벼락을 터뜨리는 강민철의 입에서 거친 소리가 한 번도 나오지 않을 정도였다.

그런데 한창 수술을 진행하던 중이었다.

"크윽……!"

돌연 강민철이 움직임을 멈추며 신음을 흘렸다.

진현은 놀라 물었다.

"괜찮습니까?"

"괘, 괜찮네."

하지만 식은땀이 주륵 흐르며 얼굴이 창백한 게 뭔가 심상치 않아 보였다.

'설마 협심증 악화?'

강민철은 원래 심장병인 협심증을 앓고 있었다.

하지만 이전엔 성질을 내거나 흥분해야 증상이 생겼고, 잠깐 그러다 가라앉았는데 이번엔 달랐다.

"교수님, 협심증 악화는 아닐까요? 빨리 치료를 받는 게 좋겠습니다."

협심증이 악화되면 심근경색이 올 수도 있다.

그리고 심근경색은 생명을 잃을 수도 있는 중한 질환이다.

하지만 강민철은 고개를 저었다.

"무슨… 걱정하지 말게. 늘 그랬으니, 이러다 금방 좋아지겠지."

"하지만……."

"괜찮네. 그리고 환자의 배를 열어놓고 어디에 가겠나? 치료를 받으러 가더라도 수술을 끝내고 가야지."

맞는 말이다.

한창 수술 중에 집도의인 그가 치료를 받으러 갈 수는 없는 노릇이니까.

'그러게 미리 치료를 좀 받으시지. 맨날 괜찮다, 괜찮다 그러시다가.'

원래 남을 고치는 직업인 의사들이 본인의 건강을 도외시

하는 경향이 있었다.

특히 강민철처럼 바쁘고 술, 담배 좋아하며 성격 급한 사람은 심장병의 위험이 높았다.

'괜찮으시겠지?'

진현은 불안한 마음이 들었으나, 딱히 손쓸 방법이 없었다.

그저 별일 없길 바랄 수밖에.

다행히 별일 없이 쓱쓱 시간이 지나고, 수술이 절반 정도 진행됐다.

늘 그렇듯, 유영수 교수가 때에 맞춰 방에 들어왔다.

"교수님, 부산 기독 병원에서 카데바 도너(Cadaver donor)의 간을 가져왔습니다. 제가 들어갈까요?"

이번에 이식할 간은 무려 부산에서 절제 후, 헬기를 타고 대일병원에 도착했다.

뇌사자가 항상 서울에서 생기는 것이 아니니 헬기를 타고 오는 경우가 왕왕 있었다.

특히 이번 간은 원래 부산에서 이식 받을 대상이 수술 준비 중 사망해 상당히 지체 후 전달된 경우였다.

"아니, 됐네. 지금 참 좋군. 이 아이들 데리고 계속하겠네."

만족스런 강민철의 말에 유영수 교수는 진현을 신기하게 바라봤다.

'강민철 교수님의 수술을 이렇게 잘 맞추다니…….'

"알겠습니다. 저, 그런데 교수님……."

"왜 그러나?"

"병동에 환자 중 한 분이 문제가 생겨서 제가 응급 수술을 진행해도 될까요? 지금 간 학회 기간이라 다른 교수님들도 안 계셔서……."

원래는 강민철 교수의 어시스트를 서야 하니 따로 수술을 진행할 수가 없지만, 최근엔 저 괴물 인턴이 처음부터 끝까지 전담을 해줘 유영수 교수가 할 일이 없었다.

"그래, 지금 간 학회 기간이라 사람이 별로 없으니 응급 상황이면 자네라도 수술을 해야지. 그런데 무슨 문제인가?"

"문합 부위의 담즙이 새어 나와 복막염이 생겼습니다. 현재 중증 패혈증 상태로 곧 쇼크가 올듯합니다."

"그래, 알겠네. 수고하게."

강민철 교수는 고개를 끄덕였다.

패혈증 쇼크는 사망률 40%에 육박하는 중증 질환이다.

간 수술 받은 환자에게서 오는 패혈증 쇼크는 더욱 위중하므로 당장 응급 수술을 진행해야 한다.

그 뒤로도 간이식 수술은 별문제 없이 진행됐다.

공여자에게서 하베스트(Harvest)한 간을 이식 받을 환자에게 옮겼고 필요한 처치를 하나하나 진행했다.

스물스물 흘러나오는 피를 지혈하며 강민철 교수가 물었다.

"김진현 선생, 자네 외과 전공할 거지?"

당연한 것을 확인하는 듯한 말투였다.

곁에서 이상민이 묘한 눈으로 진현을 바라봤다.

"……."

하지만 진현은 잠시 입을 다물었다.

외과를 할 생각은 없었다. 그가 바라는 것은 오로지 피부과니까.

그 사실을 이야기하려는 찰나, 강민철이 다시 말했다.

"자네가 어떻게 이렇게나 빼어난 솜씨를 가지고 있는지는 나도 잘 모르겠어. 동영상을 보고 연습했다는 자네 주장은 일단 말이 안 되고, 타고난 재능이라고 하기에는 여러 돌발 상황에서 연륜이 묻어 나오고… 아무리 봐도 자네 실력은 경험 많은 외과의사의 솜씨를 보는 것 같아."

진현은 침을 꿀꺽 삼켰다.

설마 눈치챈 것은 아니겠지?

다행히 그런 것은 아닌 것 같다.

"물론 이제 인턴인 자네가 많은 경험을 쌓았을 리가 없지. 그래서 자네 실력이 어디에서 온 것인지 도무지 모르겠어. 하지만 한 가지 알 수 있는 것은 있네."

"…무엇입니까?"

"자넨 수술을 좋아한단 거야."

"……!!!"

*　　*　　*

진현의 눈 끝이 흔들렸다.

도구를 쥔 손에 힘이 들어갔다.

강민철 교수는 말했다.

"눈을 보면 알 수 있어. 자넨 나와 동류야. 수술을 하는 게 좋지 않나? 이 수술장 안에서 느껴지는 긴장감과 메스의 감촉이 좋지 않나?"

"……."

"자넨 천생 외과의사야. 그러니 외과를 하게."

강민철 교수의 말이 진현의 가슴을 찔렀다.

그의 말이 옳았다.

부정하고 싶지만… 진현은 수술이 좋았다.

이 삶과 죽음의 경계선 위의 긴장감이, 차가운 메스의 감촉이 좋았다.

그래서 지난 삶의 모든 것을 수술을 위해 바치지 않았는가?

하지만 이번에도 바라는 삶은 아니었다.

이번엔 지난 삶에서 못 누린 행복을 누리고 싶었고, 남을 위해 사는 인생이 아닌 자신과 주변을 위한 삶을 살고 싶었다.

얼굴을 굳힌 진현은 입을 열었다.

"교수님."

확고한 목소리였다.

"저는 외과에 생각이……."

진현은 설사 호통을 듣더라도 본인의 뜻을 확실히 표현할 생각이었다.

그런데 그가 말을 끝맺기도 전에 이변이 일어났다.

"크윽……?"

강민철 교수가 돌연 신음을 내뱉은 것이다.

"교수님?"

"크……."

"교수님?!"

"괘, 괜찮네. 신경 쓰지… 크윽……."

강민철 교수의 턱 끝이 덜덜 떨렸다.

갑작스레 전신이 땀에 젖어 들었고 숨이 차는지 거친 호흡이 터져 나왔다.

진현은 깜짝 놀라 수술도구를 내려놓았다.

"안 되겠습니다. 빨리 치료를……!"

"괘, 괜찮아. 수술을……."

"수술을 할 상태가 아닌 것 같습니다."

진현의 머리에 한 진단이 스쳐 지나갔다.

심근경색!

'설마 심근경색? 하필 수술이 한창인 지금!!'

하지만 수술도 문제지만 강민철의 상태가 심상치 않았다.
정말로 심근경색이라면 죽을 수도 있었다.
옆의 간호사들도 그를 염려했다.
"교수님, 일단 앉아서 휴식이라도……."
한 간호사가 소독포에 덮인 의자를 가져왔다.
하지만 강민철은 고개를 저었다.
"괘, 괜찮아. 걱정 안 해도……."
그러면서 그는 전기칼인 보비를 다시 들었다.
그리고 그때, 결국 사단이 일어났다.
"크윽!!!"
챙!
날카로운 소음과 함께 전기 칼이 떨어졌다.
시체처럼 질린 얼굴의 강민철은 가슴을 움켜쥐었다.
그리고 그는 외마디 신음과 쓰러졌다.
"교수님!"
"꺄악, 교수님! 여기요!! 여기 좀 도와주세요!!!"
진현은 급히 쓰러진 강민철 교수에게 뛰어가 맥박과 호흡을 체크했다.
'아직 심장은 뛰지만, 맥이 약해!'
갑작스러운 소란에 밖의 인원들이 수술장으로 들어왔다.
진현은 급히 외쳤다.
"심근경색입니다!! 빨리 심장 응급 진료팀에 연락을!!"

한 외과의사가 그에게 물었다.

"심근경색이라고?!"

"네, 협심증 증상을 호소하다가 쓰러지셨습니다. 심근경색일 가능성이 높습니다!"

외과의사의 눈이 심각해졌다.

심근경색은 사망률이 굉장히 높은 질환으로 빨리 조치하지 않으면 생명이 위험할 수도 있다.

"빨리 교수님을 이리로!"

사람들이 급히 강민철 교수를 업고 사라졌다.

'괜찮으셔야 하는데.'

그 뒷모습을 보며 진현은 입술을 깨물었다.

갑자기 심근경색이라니.

그나마 병원에서 쓰러져 초동 조치가 잘 이루어진 게 다행이었다.

'이전 삶에서도 심근경색으로 굉장히 고생하셨지.'

진현은 한숨을 내쉬며 고개를 저었다.

그런데 옆에서 이상민이 말했다.

"이 환자 수술은 어떻게 하지?"

"……."

진현은 입을 다물었다.

간이식 수술장에 인턴 두 명밖에 안 남다니…….

*　　　*　　　*

진현은 화급히 말했다.

"유영수 교수님에게 연락해 주겠습니까? 강민철 교수님이 쓰러지셔서 이 뒤는 유영수 교수님이 집도해야 할 듯합니다."

"네."

간호사는 고개를 끄덕인 후 전화를 걸었다.

"저 교수님, 7번 수술방인데요. 강민철 교수님이 갑자기 쓰러지셔서 교수님께서 뒤의 수술을 진행해 주셔야 할 것 같아 전화드렸어요."

간호사는 사정을 설명했다.

전화기 너머로 뭐라 대답이 들렸고, 간호사의 얼굴이 어두워졌다.

간호사는 곤란한 얼굴로 답했다.

"아… 그래요? 1시간 반이요? 알겠습니다. 최대한 빨리 와주세요, 교수님."

진현이 물었다.

"뭐라고 하십니까?"

"지금 응급 수술 중인데 환자 상태가 너무 안 좋아서 최소 1시간 30분은 있어야 올 수 있데요. 어쩌지……."

진현의 얼굴이 굳어졌다.

"다른 선생님들은 없습니까? 전임의나 레지던트라도……."

"하필 다음에 현미경으로 혈관을 연결해야 할 차례라 교수님들 아니면 할 수가 없어요. 그리고 지금 간 학회 기간이라 유영수 교수님 말고 다른 교수님들은 병원에 없고요."

그야말로 진퇴양난이다.

유영수 교수 외에 수술을 진행할 수 있는 사람이 없는데 그도 몸을 못 빼는 상황이다.

'1시간 30분을 기다려? 안 돼. 그러면 피가 공급되지 않은 시간이 너무 길어져 새로운 간의 타격이 너무 클 거야.'

다음 단계는 간이식에서 가장 중요한 혈관을 연결하는 처치였다.

혈관을 연결해야 새로운 간은 피를 공급받을 수 있고, 산소가 담긴 피가 흘러야 새 생명을 얻는다.

진현은 고민했다.

'혈관을 연결하는 데 시간이 오래 걸리면 새로운 간은 저산소증으로 인한 손상을 입게 돼. 그 시간이 길어지면 길어질수록 타격이 커지게 되고. 부산에서 지체하다 온 간이라 지금도 시간이 많이 지났는데, 보존액에 담겨 있는 상태도 아니라서 1시간 30분을 더 기다리면 어떻게 될지 몰라.'

심한 경우 새 간이 죽어버릴 수도 있고, 그러면 환자도 죽는다.

진현은 침을 삼켰다.

'어떻게 하지? 이대로 기다리다간 환자가 죽을 수도 있는데.'

그렇다고 유영수 교수를 끌고 올 수도 없다. 그러면 그쪽 환자가 죽을 것이다.

간호사도 발을 동동 굴렀다.

"어떻게 하죠? 너무 오래 걸리시는데……."

"다른 교수님들이 가신 간 학회 장소는 어디입니까?"

"정확히는 모르지만… 대전이라 들었어요."

같은 서울이면 모를까 대전이면 너무 늦다.

'하필 이때 쓰러지셔 가지고.'

여러모로 정말 최악의 상황이었다.

"어떻게 할래, 진현아?"

이상민이 물었다.

'어떻게 하지?'

이대로 있으면 환자가 죽을 수도 있다.

아니, 단 하나 있었다.

환자를 무사히 치료할 수 있는 방법이.

'하지만…….'

진현은 짧은 순간, 수십 번도 넘게 갈등했다.

그 방법은 부담이 너무 컸다.

그러나 답은 이미 정해져 있었다.

환자가 죽을지도 모르는데 어찌 외면하겠는가?

'젠장.'

진현은 이를 악물었다.

"…내가 한다."

"뭐?"

"내가 집도한다고."

"……!"

이상민은 고개를 갸웃했다.

"네가 이 수술을 집도한다고? 그건 아무리 김진현, 너라도 말이 안 되는 것 같은데……."

착각일까?

조롱이 섞인 듯한 목소리다.

하지만 진현은 진중한 음성으로 말했다.

"상민아, 너 내 친구 맞지?"

"……."

답은 없었으나, 진현은 곧바로 말을 이었다.

"같이하자."

"……!"

"마이크로(Micro), 수술용 현미경을 가져와줘."

이상민의 얼굴이 굳어졌다.

자신을 믿지 못해 그런 거라 생각한 진현은 그의 눈을 직시했다.

"상민아, 할 수 있어. 그러니 같이하자."

"……!"

잠시의 정적 후, 이상민은 그린 듯한 미소를 지으며 답했다.

"그래, 너라면 뭐든 할 수 있겠지. 너라면 뭐든지, 말이야."

뭔가 거슬리는 뉘앙스였지만 둔감한 진현은 착각이라 여겼다. 그리고 말투 따위를 따질 상황도 아니었다.

"수술용 현미경을 가져와줘."

"그래."

옆에는 공장의 로봇을 연상시키는 거대한 수술용 현미경이 준비돼 있었다.

이상민은 소독포로 무균처리를 한 후, 수술 필드에 현미경을 가져왔다.

"지금 뭐하는 거예요?"

간호사가 놀라 제지했다.

"처치를 하려고 합니다."

"네?!"

간호사는 얘네들이 지금 미쳤나? 하는 표정을 지었다.

무리도 아니다.

인턴이 혈관 봉합술을 하려고 하다니?

"안 돼요. 그만두세요."

"할 수 있습니다."

"물론 인턴 선생님이 강민철 교수님의 인정을 받을 만큼 뛰어난 건 알아요. 그래도 이건 다른 이야기예요. 혈관 봉합술, 특히 현미경을 이용한 혈관 수술은 관련 교수님들 외에는 아무도 할 수 없는 고급 테크닉이에요."

백번 지당한 말이다.

현미경 혈관 문합(Microscopic vascular anastomosis)은 관련 분야의 외과의가 아니면 아무도 넘보지 못하는, 고도의 테크닉이 필요한 수술이었다.

그런데 다른 사람도 아닌 고작 인턴이 혈관 문합을 하겠다고 나서다니?

똥개가 웃을 일이다.

진현도 마음이 좋지 않았다.

'나도 하고 싶지 않다고.'

지금까지 벌인 일로도 시끄러운데 현미경 혈관 문합술까지 성공시키면 무슨 후폭풍이 터질지 상상도 되지 않았다.

하지만 어쩔 수 없었다.

지금은 다른 방법이 없었다.

후폭풍이 무서워서 환자가 죽을지도 모르는데 가만히 있을 수는 없지 않겠는가?

물론 그럴 수 있는 위인도 있겠지만, 진현은 그렇지 못했다.

'모르겠다. 일단 지금 닥친 일을 해결하고, 나중 일은 나중에 고민하자.'

그는 차분히 말했다.

"이미 부산에서부터 오랫동안 지체된 간이어서 1시간 30분이나 기다릴 수 있는 상황이 아닙니다. 그랬다간 간이 죽을 수도 있습니다."

"그렇지만……."

"그리고 저는 이번 달에 여러 번 현미경 혈관 봉합술을 어시스트하여 수술방법 자체는 알고 있습니다. 그리고 만약 시도하다가 조금이라도 안 되면 곧바로 중단할 것이니 걱정하지 마십시오. 아무것도 안 하고 있는 것보단 낫지 않겠습니까?"

그 설득에 간호사는 입을 다물었다.

진현은 확고한 목소리로 말했다.

"모든 책임은 저 김진현이 지겠습니다."

"……!"

옆에서 듣던 이상민이 묘한 목소리로 말했다.

"정말로 모든 책임은 네가 감수하는 거지?"

"그래."

비록 잠시라도 수술을 집도할 사람이 책임을 지는 것은 당연하다.

진현은 고개를 끄덕였다.

"하, 하지만……."

간호사가 혼란스러운 얼굴로 머뭇거리자 진현은 곧바로

수술에 들어갔다.

"그러면 진행하겠습니다."

집도의의 자리에 선 진현은 순간 말 못할 감정을 느꼈다.

두근.

맥동하는 혈관이, 시뻘건 간이, 수술 필드에 흐르는 피가 그의 가슴을 흔들었다.

십 년… 무려 십 년 만이다.

하지만 진현은 고개를 저었다.

'됐어. 수술은 이번이 마지막이야.'

그리고 이상민에게 부탁했다.

"여기를 잡아줘."

이상민은 말없이 진현의 지시에 따랐다.

"실… Prolene 3/0 주십시오."

간호사는 머뭇거리며 실을 건네주었다.

진현은 극도로 집중된 정신으로 첫 번째 목표를 바라봤다.

'상대정맥… 간 정맥과 연결시켜야 해.'

고도로 절제된 손놀림이 상대정맥과 간 정맥을 오갔다.

그 손놀림에 곁에서 지켜보던 간호사가 눈을 휘둥그레 떴다.

그녀는 놀라 멍하니 신음을 흘렸다.

그러나 진현은 간호사의 반응을 신경 쓰지 못했다.

아니, 간호사의 반응뿐 아니라 모든 것을 잊었다.

그의 눈과 정신은 오로지 간의 혈관에 집중되었다.

"……."

숨 막힐 듯한 침묵 속에 진현의 손이 움직였다.

"디바이스(Device)를."

다행히 강민철 교수가 쓰러지기 전 일부 혈관들을 연결했었다.

그러나 연결해야 하는 혈관은 한두 개가 아니다.

더구나 작은 혈관의 경우 수술용 현미경을 써야 한다.

'다음엔 간 동맥… 그다음엔 간 문맥…….'

어시스트 간호사는 진현의 집도 모습을 눈을 깜빡이며 지켜봤다.

그녀는 자신이 헛것을 보는 싶었다.

'인턴 선생님 아닌가? 내가 잘못 알고 있었던 건가?'

이상민의 눈동자도 흔들렸다.

항상 가면처럼 속마음을 숨기는 그였지만 지금만큼은 놀람을 완벽히 가리지 못했다.

그만큼 경악스러운 장면이었다.

인턴이 혈관 수술을 하다니!

그렇게 얼마나 지났을까?

진현이 말했다.

"혈관을 다시 연결합니다(Revascularization)."

Revascularization.

혈관 문합이 끝났단 의미였다.

죽어 있던 간에 붉은 피가 흘러들었다.

산소를 머금은 적색 피가 간에 새로운 생명을 불어넣었다.

"……."

진현은 말없이 환희와도 같은 그 광경을 지켜봤다.

설명할 수 없는 감정이 가슴을 휘저었다.

긴장 속, 삶과 경계를 가르던 손끝이 희미하게 떨렸다.

이전 삶에서 숱하게 느꼈던 감정이었다.

한편 간호사와 이상민은 경악해 그런 그의 모습을 바라봤다.

이 믿기지 않는 일에 너무 놀라 입이 벌어지지도 않았다.

그 경악 속, 진현은 나직이 중얼거렸다.

"…일 쳤다."

뒷일을 생각하니 가슴에 차오르던 감정이 온데간데없이 사라졌다.

'이 일을 어떻게 하지? 간이식 수술, 그것도 혈관을 연결하는 인턴이라니. 말이 안 돼도 너무 안 되잖아.'

환자를 위해 무작정 나서긴 했는데 뒷수습이 막막했다.

아니, 이게 뒷수습이 가능하긴 한가?

지금까지야 타고난 재능… 어쩌구 등으로 대충 넘어갈 수 있었지만 이건 달랐다.

아무도 납득하지 않을 것이다.

그때였다.

드르륵, 수술방의 문이 열리며 젊은 남자, 유영수 교수가 들어왔다.

"강민철 교수님이 쓰러졌다고?! 환자는 괜찮나?!"

진현은 아득한 마음이 들었다.

'젠장, 어떻게 하지?'

옆에 서 있던 간호사가 떠듬떠듬 입을 열었다.

아직도 불신에 가득한 목소리다.

"화, 환자는 괜찮아요. 여기 인턴 선……."

진현은 필사적인 목소리로 말을 가로챘다.

"환자는 괜찮습니다. 강민철 교수님이 중요한 처치는 다 끝내놓고 쓰러지셔서."

"……!!"

간호사는 놀라 진현을 돌아봤다.

진현은 간절한 눈빛으로 간호사의 눈을 바라봤다.

'제발! 조용히!'

그 눈빛이 통한 걸까? 아니면 직접 봤지만 본인도 믿기지 않아서일까?

다행히 간호사는 입을 다물었다.

유영수 교수는 고개를 갸웃했다.

"그래? 아까 분명 혈관을 연결해야 한다고 들었던 것 같은데… 부산에서 오래 보관 후 가져온 간이라 급하다고."

"부산에서 가져온 간인 것은 맞습니다. 하지만 다행히 강민철 교수님께서 혈관 연결을 다 하고 쓰러지셨습니다."

"그래?"

유영수 교수는 환자의 복부를 바라봤다.

깔끔하게 연결된 혈관들이 보였다.

유영수 교수는 그 깔끔한 테크닉에 감탄했다.

'역시 강민철 교수님 솜씨답군.'

"어쨌든 너희가 수고했다. 많이 진행했으니 뒤의 수술은 나와 진행하자."

천만다행으로 유영수 교수는 진현의 거짓말을 믿는 눈치였다.

'다행이다.'

진현은 안도의 숨을 내쉬었다.

물론 강민철 교수가 깨어나 이 일에 대해 이야기를 하면 단박에 밝혀질 거짓말이긴 하지만 말이다.

'수술의 경과를 꼬치꼬치 캐물으시면 안 되는데. 심근경색으로 많이 힘드시니 자세히 안 묻고 유영수 교수님이 해결했다고 짐작하지 않을까?

물론 강민철 교수의 성격상 그냥 넘어가기보단 자세히 물어볼 확률이 높았다.

하지만 이미 친 사고.

그냥 유야무야, 잘 넘어가길 기원할 수밖에 없었다.

4장

천재

무사히 수술이 끝난 후, 유영수 교수는 허겁지겁 심장 중환자실로 향했다.

강민철 교수를 보기 위해서다.

'나도 가볼까?'

하지만 진현은 고개를 저었다.

아직 의식을 못 차렸을 가능성이 높지만 혹시나 의식을 찾고 수술의 경과를 물어보면 끝장이었다.

'조용히 있자. 제발 아무 말 안 나왔으면.'

뭐랄까.

대형 사고를 친 후 안 들키길 바라는 마음이었다.

목격자인 간호사에겐 입을 다물어달라고 간곡히 부탁한 상태다.

진현이 워낙 간절한 눈빛으로 부탁해서인지 그녀는 고개를 끄덕였다.

정말로 입을 다물지는 의문이지만 더 이상 어쩔 수 있는 방법이 없었다.

다음엔 이상민이었다.

고된 수술 끝, 수술장 탈의실에서 샤워를 하고 나오는 녀석을 기다렸다.

"잠깐 이야기 좀 하자."

흠뻑 젖은 머리를 수건으로 털며 이상민이 진현을 바라봤다.

촉촉이 젖은 모습은 TV 광고에서나 볼 법한 외모다.

좀 전 진현의 집도에 분명 놀랐을 텐데 무표정한 얼굴은 속을 알 수가 없었다.

"무슨 이야기?"

진현은 주변을 둘러보았다. 탈의실엔 사람들이 몇 명 더 있었다.

"나가서 이야기하자."

"나가서?"

"응, 잠시만 나가자."

"그래."

그들은 병원 밖 흡연구역으로 나왔다.

다행히 아무도 없었다.

치익.

담뱃불을 붙이며 이상민이 물었다.

"왜……?"

진현은 굳은 얼굴로 말했다.

"상민아, 정말로 미안한데… 아까 전 일… 비밀로 해주면 안 되겠냐? 부탁한다."

"비밀?"

"그래, 제발 부탁한다."

이상민이 묘한 미소를 지었다.

"왜? 왜 그렇게 해야 하는데?"

"그건……."

진현은 머뭇거렸다.

이유를 뭐라고 설명해야 한단 말인가?

내가 이전에 외과의사로 살다가 회귀를 해서?

그때 이상민이 낮게 말했다.

"싫어."

미소 속 눈빛이 차갑게 번뜩였다.

"……!!"

그 눈빛에 진현이 순간적으로 섬뜩함을 느끼는 순간, 착각처럼 그 한기는 사라졌다.

이상민은 평소처럼 부드럽게 말했다.

"농담이야. 그래, 알겠다. 얼굴 굳히지 말고."

담배를 털며 말을 이었다.

"우린 친구니까. 더 안 물어보고 네 말대로 할게. 아까 전 일 다른 사람에게 비밀로 하면 되는 거지?"

"…그래."

"그래, 걱정하지 마. 할 말 끝났으면 들어가서 쉬고. 나는 좀 더 담배 피우다 들어갈게."

진현이 병원으로 들어가려 몸을 돌릴 때, 이상민이 조용한 목소리로 물었다.

"진현아."

"응?"

"우리 둘 친구 맞지?"

"그래, 우린 친구지."

진현은 고개를 끄덕였다.

"그래, 들어가서 잘 쉬어."

홀로 남은 이상민은 깊게 담배를 들이마셨다.

깊게 깔린 어둠이 그에게 내려앉았다.

"후우… 친구라… 김진현, 너는 정말… 항상 나를 자극하는구나."

입가에 걸린 미소가 점점 짙어졌다.

*　　*　　*

다행히 그 뒤에는 특별한 이야기가 나오지 않았다.
강민철 교수의 상태가 생각보다 위중했었던 탓이다.
안 좋은 일이었지만 진현에겐 어쨌든 다행이었다.
인턴인 자신이 혈관 봉합을 했다는 사실을 설명할 방법이 없었으니까.
'강민철 교수님은 곧 회복되겠지.'
불굴의 의지인지, 이전의 삶에서도 곧 건강을 되찾으셨다.
이번엔 초기 응급 처치도 잘 이루어졌으니 큰 문제 없이 회복되긴 할 거다.
'회복된 후 그때 수술 경과를 물어보진 않겠지? 그러면 안 되는데.'
진현은 안 그러길 다시 한 번 기원했다.
그리고 일주일 정도의 시간이 흘러 드디어 외과 순환근무가 끝났다.
고작 한 달이었지만, 체감상으로 굉장히 긴 듯한 시간이었다.
"진현아, 고생 많았지?"
"그냥, 뭐."
혜미의 물음에 고개를 저었지만 실제 고생을 많이 하긴 했다.

어쨌든 별 탈(?) 없이 끝내서 다행이다.

"아, 이제 응급실(ER)이라니 걱정돼."

혜미는 걱정스러운 표정을 지었다.

진현과 그녀의 다음 근무처는 악명이 자자한 응급실(ER, Emergency room)이었다.

"큰 문제없어야 할 텐데. 조심하자, 우리."

"그래, 조심해야지."

기본적인 업무만 수행하는 다른 근무처와 다르게 대학병원 응급실은 인턴이 일차적으로 환자를 담당한다.

물론 대일병원은 타 병원에 비해 위 의사들의 백업 시스템이 잘 갖춰져 있지만 그렇다고 부담감이 덜한 것은 아니다.

실제로 병원에서 가장 많은 사고가 일어나는 장소가 응급실이니까.

'이번엔 정말로 사고(?) 치지 말아야지.'

진현은 지금까지 자신이 쳤던 사고들을 떠올리며 다짐했다.

더 이상은 곤란했다. 정말로.

그들은 다음 근무처인 응급실에 인사를 했다.

"다음 달 인턴입니다. 인사드리러 왔습니다."

인사를 하는 와중에도 응급실은 난리법석이었다.

비명을 지르는 사람, 불만을 토로하는 사람, 피를 흘리는 사람.

아무리 봐도 익숙해지지 않는 아비규환 속에서 치프 레지던트, 오형석은 건성으로 고개를 끄덕였다.

"그래, 새로 올 인턴이라고? 수고해라."

"네."

"근무 스케줄은 24시간 일하고, 24시간 휴식이다. 근무 24시간 내내 하나도 못 쉬어 힘들긴 해도 끝나고 푹 쉴 수 있으니 스케줄 자체는 나쁘지 않을 거다."

치프의 말대로였다.

이 정도면 굉장히 배려 깊은 스케줄이었다.

일주일에 한두 번 짤막한 저녁 퇴근만 주는 과도 많았기 때문이다.

혜미의 얼굴도 밝아졌다.

진현과 같이 근무하니 휴식 시간도 동일하다.

그녀는 휴식 시간에 진현과 데이트 아닌 데이트를 할 기대를 했다.

"근무 시작할 때 차질 없도록 미리 인계 잘 받고. 그러면 내일부터 근무니 그때 보자."

"네."

그들이 돌아서서 나가는데, 응급실 치프 오형석이 말했다.

"참, 네가 김진현이라고?"

"네, 그렇습니다."

진현은 의아한 얼굴로 답했다.

"그래? 흠."

오형석은 살짝 눈썹을 찌푸렸다.

"왜 그러십니까?"

"아니다. 내일 보자."

오형석은 고개를 저을 뿐 특별한 말은 하지 않았다.

진현은 이상한 마음이 들었으나 추궁할 수도 없는 노릇이다.

"알겠습니다. 내일 뵙겠습니다."

* * *

'뭐지?'

진현은 찝찝한 마음에 생각했다.

'특별히 응급실 쪽에 잘못한 것은 없는데?'

혹시나 나쁜 소문이 돈 걸까 고민했지만 대일병원 내 진현의 평판은 나쁘지 않았다. 아니, 나쁘긴커녕 과도할 정도로 좋았다.

그때 혜미가 물었다.

"진현아, 곧바로 수술장 들어가 봐야 해?"

그들은 근무 중 살짝 틈을 내 인사를 간 상태였다.

시계를 보니 다음 수술까지 약간의 여유가 있었다.

"조금은 괜찮을 것 같다."

"그러면 잠깐 커피 사서 들어가자. 목말라."

"그래."

대일병원 내에는 그룹에서 운영하는 카페와 스타벅스가 입점해 있었다.

그들은 가까이 위치한 스타벅스로 향했다.

"진현아, 너는 뭐 마실래?"

"아무거나. 아이스로."

스타벅스든, 동네 다방이든, 아라비아카든, 뭐든 간에 그에겐 그냥 쓴 물이었다.

시럽 타면 달달한 물이고.

고작 씁쓸한 검은 물을 이렇게나 비싼 돈을 내고 먹는 게 이해가 안 됐지만 혜미는 제법 좋아했다.

"진현아, 혹시 응급실 근무 중간에 쉴 때 특별한 계획 있어?"

"왜?"

"아니, 그냥… 가끔씩 놀러 다니자고. 이렇게 시간이 날 때가 별로 없으니……."

그녀는 뭔가 쑥스러운지 말끝을 흐렸다.

"안 되는데?"

"아, 그래?"

기대에 찬 얼굴이 실망으로 바뀌었다.

그 변화가 귀여워 진현은 슬쩍 웃었다.

"농담이다. 그래, 시간이 나면 어디 놀러 가자."

그 말에 혜미의 얼굴이 밝아졌다.

"아, 왜 장난을 하고 그래. 꼭 놀러 가는 거야?"

"그래."

그런데 하필 그때, 핸드폰이 띠릭 소리를 내며 메시지가 도착했다.

[김진현 선생님, 한 달 동안 고생 많으셨어요. 이번 달엔 혹시 시간이 괜찮으세요?]

메시지의 주인은 놀랍게도 이연희였다.

'한 번 보기로 했었지.'

이전 삶의 아내와 따로 만난다 생각하니 마음이 불편했지만, 이미 여러 번 시간을 미룬 상태라 더 거절하는 것도 예의가 아니었다.

진현은 메신저를 보냈다.

[네, 괜찮을 듯합니다.]

[아, 다행이네요. 그러면 제가 조만간 다시 연락을 드릴게요. 그때 봬요! 쫑쫑.]

밝게 미소 짓는, 귀여운 이모티콘이 섞인 답장이 돌아왔다.

진현은 난감한 마음이 들었다. 만나서 무슨 이야기를 하지?

'그냥 빨리 밥만 먹고 들어오자.'

혜미가 고개를 갸웃했다.

"진현아, 갑자기 왜 그래? 누구야?"
"아니다."
마침 커피가 나와 쭈욱 들이켰다.
단숨에 커피를 비우는 그의 모습에 혜미가 눈을 크게 떴다.
"처, 천천히 마셔."
"가자."
그러고 혜미와 헤어진 후, 수술장으로 돌아가려 발걸음을 옮기는 중이었다.
진현은 병원 로비에서 의외의 인물을 만났다.
"미스터 김! 오랜만이에요."
익숙한 목소리, 무뚝뚝하지만 어색한 한국어 발음.
헤인스의 한국지부 사장 에이미 엔더슨이었다.
그녀는 사장으로 승진하더니 훨씬 젊어진 듯했다.
이십 대 후반? 기껏해야 삼십 대 정도로 보였다.
"아, 오랜만입니다."
"네, 반가워요. 이제 닥터(Doctor) 김이네요."
진현은 생각지도 못한 만남에 물었다.
"대일병원에는 무슨 일입니까?"
"업무 때문에 왔어요. 대일병원과 함께 진행하는 프로젝트가 몇 개 있거든요."
뒤를 보니 에이미와 같이 있던 여러 교수가 놀란 눈으로 진현을 바라봤다.

하필 최대원 교수와 간이식의 유영수 교수도 자리에 있었다.

교수들 모두 저 인턴은 누구기에 헤인스의 한국 지부 사장과 아는 사이지? 하는 눈치다.

그 시선에 곤란함을 느끼는 찰나, 에이미가 교수들에게 입을 열었다.

"아, 저희 프로젝트에 큰 도움을 준 닥터 김이에요."

"헤인스에 큰 도움이요?"

인턴이 전 세계에서도 꼽히는 다국적 제약회사 헤인스에 도움을 줬다고?

"네, 닥터 김은 TC80 프로젝트를 입안하고 기획한 책임자거든요."

그 설명에 말없는 경악이 교수들 사이를 스쳐 지나갔다.

"TC80이라면 최근 가장 화두가 되고 있는 그 신약을 말하는 건가?"

"마인 바이오의 주가를 3배나 띄운 그 신약?"

"그걸 인턴이 기안했다고?"

모두들 TC80을 알고 있었다.

탁월한 소화 기능 개선 효과와 강력한 변비 치료로 최근 가장 주목 받는 신약이었기 때문이다.

다들 서로를 바라보며 웅성웅성 이야기했다.

"그러고 보니 한 한국대 의대 학생이 프로젝트를 살렸다는 이야기를 이전에 들은 적이 있긴 한데… 그게 저 인턴 선생이었던가?”

한 교수의 말에 최대원 교수가 놀란 헛기침을 했다.

“진현 군, RI84뿐 아니라 TC80도 자네 작품이었나?”

감탄이 가득 담기다 못해 넘치는 목소리다.

진현은 생각지도 못한 교수들의 주목에 식은땀을 삐질 흘렸다.

그냥 돈 벌려고 한 일인데.

물론 교수님들께 좋게 보여서 나쁠 것은 없지만, 다들 내과와 외과 쪽 교수들이었다.

“그게… 제가 한 것은 별로 없습니다. 약간의 아이디어 제공만 했고 별로…….”

하지만 그때 한국어 발음 어눌한 눈치 없는 백인 여자가 초를 쳤다.

“가장 중요한 것은 모두 하셨죠. 핵심적 아이디어 제공과 스터디 디자인을 전부 기획하셨으니.”

“……!!”

진현은 곤란한 마음이 들었다.

‘이 여자가 왜 쓸데없는 이야기를?!’

과연 반응이 심상치 않았다.

“아니, 스터디 디자인을 기획했다고? 인턴… 아니, 그러니까 그때는 본과 학생이지. 제대로 알고 있는 거요, 미스

엔더슨?"

"맞아요. 확실해요."

"하, 정말이오?"

점점 심상치 않게 돌아가는 분위기에 진현은 침을 삼켰다.

특히 원래 진현의 비범함을 알고 있는 최대원 교수와 유영수 교수는 부담스러울 정도로 눈을 번뜩였다.

'안 되겠다.'

이 자리에 더 있으면 안 될 것 같아 진현은 급히 인사했다.

"저… 수술장에 들어가야 해서 이만 가보겠습니다."

수술장으로 사라지는 그의 뒷모습을 교수들이 바라봤다.

* * *

이상민의 아버지인 대일병원의 이사장 이종근은 머리가 지끈거렸다.

"이놈은 대체 뭐야? 무슨 이런 놈이 다 있지?"

처음엔 아무리 뛰어나도 고작 인턴 주제에, 란 생각이었다.

하지만 점점 진행되어 가는 꼴을 보니, 고작 인턴이 아닌 것 같았다.

천재.

정말 이놈은 진정한 천재였다.

물론 이상민도 뛰어났지만, 김진현에 비하면 비교가 되지 않았다.

'모차르트와 살리에르…….'

살리에르도 뛰어난 천재였지만 결국 더 뛰어난 모차르트의 벽을 넘지 못했다.

돌아가는 상황을 보니 이상민도 그 꼴이 나지 말라는 법이 없다.

'안 돼. 그렇게 되어선. 이상민은 무조건 최고가 되어야 해.'

창녀의 핏줄을 타고난 이상민이 가문의 반대를 이겨내고 병원의 후계가 되는 방법은 단 하나, 최고가 되는 것뿐이다.

'이러다간 김진현, 그놈만 계속해서 주목받겠어. 차라리 더 늦기 전에 손을 써야겠군.'

이사장이나 되어서 인턴 나부랑이에게 손을 쓰는 것도 웃긴 일이었지만 왠지 느낌이 좋지 않았다.

쓸데없이 과한 생각일 수도 있지만 괜히 손 놓고 있다가 후에 크게 후회할 것 같은 기분이 들었다.

이종근은 민 비서를 불렀다.

얼굴에 온화한 미소를 띤 그는 부드러운 존댓말로 부탁했다.

"민 비서, 김진현 인턴 선생님에 대해 다시 한 번 조사를 해 주시겠어요?"

"조사요?"

"네, 이전보다 좀 더 자세히. 가급적 어릴 적부터 지금까지 최대한 자세히."

총명한 그녀는 금방 말뜻을 알아들었다.

확실히 김진현은 단순한 인턴이라기에는 무리가 많았다.

"최대한 자세히 조사하겠습니다."

"네, 그리고 이상하거나 수상한 점은 없는지도 확인해 주세요."

"알겠습니다."

민 비서는 안경을 고쳐 쓰며 답했다. 검은 안경이 햇살을 받아 지적으로 빛났다.

"그리고 김진현 선생의 다음 근무지가 어딘가요?"

"응급실입니다."

"그렇군요. 응급실이면 중환자가 참 많겠어요. 그렇지요?"

묘한 뉘앙스.

민 비서는 이사장의 말뜻을 알아들었다.

"네, 그렇습니다. 김진현 선생에게 중환자를 주로 배치시켜 실수를 유도할까요? 실수를 하면 그 빌미로 파면을……."

민 비서는 섬뜩한 이야기를 꺼냈다.

그냥 단번에 자르면 편하겠지만 인턴, 레지던트는 직급의 특수성상 해고가 거의 불가능하다.

인턴, 레지던트는 인권침해에 가까운 과중한 일을 하면서도 학생처럼 피교육자의 신분을 겸하기 때문에 채용도 일 년에 단 한 번 협회에서 정해준 인원밖에 뽑지 못하고, 중간에 사표를 낼 시 충원도 거의 불가하다.

또한 의사 중 가장 밑바닥 직급이어서 부당한 대우를 수없이 당하지만, 역설적으로 그렇기 때문에 전공의협의회 등 수많은 보호 장치가 존재한다.

차라리 전문의를 자르는 것이 쉽지, 아무리 이사장이라도 아무런 핑계 없이 인턴, 레지던트를 해고하는 것은 어려운 일이다.

대일병원의 역사를 통틀어도 인턴이나 레지던트가 해고된 적은 한 번도 없기도 했고.

따라서 눈엣가시를 내보내려면 그에 맞는 핑계가 있어야 했다.

하지만 이종근은 고개를 저었다.

“실수를 유도한다라… 나쁘지는 않지만 그만두세요.”

“어째서입니까?”

“인턴에게 일부러 중환자를 몰아주는 것은 모양새가 좋지 않아요.”

그렇게 말했지만 이유는 따로 있었다.

왠지 중환자를 아무리 배치해도 별로 실수를 안 할 것 같았고, 오히려 중환자를 치료하는 인턴이란 거창한 소문만 퍼질 것 같았다.

대신 그는 다른 안을 생각했다.

"차라리 현대 의학적으로 치료가 불가능한… 그러니까 말기 암 환자같이 연명 치료를 하는 사람을 배치토록 하세요. 그런 환자는 어떤 치료를 해도, 의사의 실력과 상관없이 안 좋아질 수밖에 없으니."

민 비서는 고개를 끄덕였다.

"네, 알겠습니다."

"김진현 선생이 진료 후 안 좋아진 사람을 골라 문제를 뒤집어씌우도록 하죠."

벗어날 수 없는 술수였다.

의학적으로 안 좋아질 수밖에 없는 사람의 책임을 덮어씌우면 그 누가 피할 수 있겠는가?

세상에 어떤 명의라도 불가능했다.

한편 이종근은 불쾌한 마음이 들었다.

도대체 왜 이사장인 내가 하찮은 인턴 때문에 이렇게까지 마음을 써야 하지?

'빨리 치워 버려야겠어.'

불쾌한 마음을 다스리기 위해 그는 민 비서를 바라봤다.

하얀 블라우스 안의 육감적인 몸매가 그를 자극했다.

"민 비서."

"네?"

"지금 바쁜가요?"

민 비서는 뭔가를 열망하는 그의 눈빛을 눈치챘다.

그녀는 천천히 안경을 벗고, 고혹적인 눈매로 그에게 다가갔다.

"안 바빠요."

*　　　*　　　*

외과를 마친 밤, 진현은 오랜만에 꿈을 꿨다.

—자넨 외과를 해야 해.'

깊은 어둠 속, 강민철 교수의 목소리가 울렸다.

—수술이 좋지 않나? 자넨 천생 외과의사야. 자신을 속이지 말게.

강민철 교수의 말이 옳았다.

그는 수술이 좋았다.

손끝에 느껴지는 삶과 죽음이, 그 환희가 좋았다.

못난 자신이 다른 사람의 생명을 구할 수 있다는 보람이 가슴을 떨리게 했다.

하지만… 분명 좋지만… 그가 바라는 삶은 아니었다.

이번엔 다른 삶을 살고 싶었다.

타인이 아닌, 나 자신을 위한 삶을.

그게 뭐 나쁜가?

이 세상 모두가 자신을 위해 살아간다.

안락하고, 풍요롭고, 행복하게 살고자 하는 게 뭐가 나쁜가?

—외과의사를 한다고 꼭 힘들게 사는 건 아니네. 자리를 잡고 잘사는 사람도 많아.'

강민철의 말에 진현은 고개를 끄덕였다.

"알고 있습니다. 성공적으로 자리만 잘 잡으면 부족하지 않게 살 수 있겠죠. 하지만 그런 것을 떠나… 다시 그 괴로운 길을 걷고 싶지가 않습니다. 수술이 좋고, 사람을 치료하는 건 분명 좋으나… 이번 삶엔 그저 평온하고 행복하게 살고 싶습니다."

진현의 대답에 강민철은 입을 다물었다.

노이즈가 일 듯, 세상이 흔들렸다. 그리고 가면이 바뀌듯 강민철의 얼굴이 다른 사람으로 바뀌었다.

"……!!"

진현은 눈을 크게 떴다.

앳된 얼굴에 굳은 눈매. 이번에 나타난 이는 바로 김진현 본인이었다.

—거짓말.

"…뭐?"

—너는 그저 두려운 거야.

또 다른 자신은 차가운 목소리로 말했다.

—다시 실패할까 봐. 이전 삶의 실패가 정신적 트라우마가 되어 널 붙잡는 거야. 그렇지 않아?

진현은 입을 굳게 다물었다.

그런가? 생각해 본 적 없는 일이다.

'어쩌면 맞을 수도.'

정신적 상처는 겉으로 티가 나지 않는다.

하지만 상처를 입은 본인도 눈치 못 채는 사이 삶을 얽맨다.

진현은 말했다. 담담한 목소리였다.

"그래서? 그게 뭐가 문제인데?"

—……!

"어쨌든 내가 바라는 것은 안락하고, 물질적으로 행복한 삶이야. 이기적이고 세속적이라고 해도 좋아. 난 나를 위한 삶을 살겠어."

그 말과 함께 어둠이 걷혔다.

진현은 침대를 흠뻑 적신 채로 잠에서 깼다.

'꿈… 개꿈이군.'

신경 쓸 가치도 없는 개꿈이다.

시계를 보니 벌써 응급실로 출근을 할 시간이다.

그는 대충 씻고, 중간에 병원에서 혜미를 만나 응급실로 향했다.

5장

응급실

응급실에 도착하니 전날 인사한 치프 레지던트, 오형석이 진현들을 맞았다.

"응급실은 다들 처음이지?"

친절한 목소리였다.

"인계는 들었겠지만, 응급실 의사의 가장 중요한 역할은 최초의 응급 처치를 하고, 필요에 따라 각 전문 과에 연결을 해주는 거다."

"네."

"너희 인턴은 채혈, 소변줄, 복수 천자 등의 기본적인 업무를 하면서 환자도 같이 볼 거다. 물론 안 좋거나 어려운 환자는 전부 우리가 보겠지만, 간단한 환자들도 너희 인턴에게는 쉽지 않을 거야. 가장 중요한 것은 첫째도, 둘째도 환자의 안전이니 모든 결정을 할 때는 윗사람과 상의해서 결정하도록. 반드시다.”

“네!”

설명을 들으며 진현은 생각했다.

‘합리적이군.’

환자와 초보 의사 둘 모두를 위한 조치다.

실력이 안 되는 인턴이 환자를 보다 문제가 생기면 그건 모두에게 불행한 일이니까.

복잡하고 안 좋은 환자는 숙련자가, 간단한 환자는 인턴이.

물론 아무리 간단한 환자라도 인턴에겐 쉬운 존재가 아니었다.

대부분의 인턴이 처음 진료를 하는 것이기 때문이다.

“저… 어떻게 오셨어요?”

“어떻게 오긴? 아파서 왔지!”

“그러니까 어디가 아파서…….”

“아, 몰라. 인턴 말고 위에 선생님 데려와 줘!”

과연 동료 인턴들은 쩔쩔매며 환자를 봤다.

혜미도 진땀을 흘리긴 마찬가지였다.

반면 진현은 한결 여유가 있었다.

이전 삶에서 그가 봤던 응급 환자들은 하나같이 수술이 필요한 중환자들이었다.

그들에 비하면 인턴들에게 맡겨지는 환자들은 대부분 수술이 필요 없었다.

'지난달보다 훨씬 편하구나.'

넘어져 살이 까진 아기를 소독하며 진현은 생각했다.

찢어진 상처, 피부 알레르기, 가벼운 어지럼증… 이런 환자들만 보니 살 것 같았다.

'역시 난 편한 피부과를 해야 해.'

그때 아기가 아픈지 울음을 터뜨렸다.

"앙앙!"

"괜찮아, 괜찮아. 조금만 참으렴."

진현은 살살 달래가며 소독을 마무리했다. 보호자가 인사를 했다.

"감사합니다. 잘하시네요."

"아닙니다. 특별히 꿰매거나 그럴 상처는 아니니 집에서 잘 소독하면 될 듯합니다."

"네, 감사합니다."

"너도 잘 가고."

진현의 인사에 아기가 해실 웃음을 지었다.

그런데 그때, 혜미가 난처한 얼굴로 진현에게 다가왔다.

"진현아, 시간 괜찮아?"

"응. 왜?"

"어지럼증 환자인데 잘 모르겠어서."

"그걸 왜 나한테 물어? 위 선생님 계시잖아."

초보 인턴들을 위해 모든 고민되는 사항이나 의사 결정은 위 선생님을 통해 하도록 정해져 있다.

"선생님들, 다들 안 좋은 환자한테 몰려 있어서."

그 말에 슬쩍 중환자 존(Zone)을 보니 하얀 가운을 입은 의사들이 바글바글했다.

교통사고 환자인 듯했는데, 피를 철철 흘리는 게 한가히 질문을 할 분위기가 아니긴 했다.

'이 정도는 도와줘도 티 안 나겠지?'

그가 그동안 친 사고(?)들에 비하면 단순 어지럼증 환자 정도야 애교긴 했다.

"아, 어지러워! 다들 손 놓고 뭐하는 거야?! 빨리 치료해줘!"

한 젊은 남자가 고래고래 소리를 지르며 구토를 하고 있었다.

확실히 응급실은 사람을 흥분시키는 뭔가가 있었다.

병동이나 진료실에선 얌전한 환자들이 다들 소리를 지르는 것을 보면 말이다.

'양성 어지럼증(BPPV)이군.'

진현은 남자의 흔들리는 눈을 본 순간 진단을 짐작했다.

"환자분, 힘드시겠지만 잠시만 저를 바라봐주십시오."

진현은 추가적인 검진을 실시했다.

차분한 그의 진찰에 환자는 금방 흥분을 가라앉히고 진현의 지시를 따랐다.

간단히 신경학적 검진을 끝낸 다른 질환을 배제한 진현은 혜미에게 말했다.

“양성 어지럼증 같으니 이비인후과에 연락하면 될 것 같은데? 이비인후과 진료 보기 전에 항 구토제 먼저 주고.”

그리고 혜미가 연락을 하는 사이, 진현은 환자에게 설명했다.

“귀의 평형을 담당하는 반고리관의 문제로 생긴 어지럼증입니다. 반고리관을 안정시키는 간단한 물리 치료로 호전되는 경우가 많으니 너무 걱정은 마십시오.”

“아, 네. 감사합니다, 선생님.”

그런데 혜미가 곤란한 얼굴로 말했다.

“이비인후과 선생님 지금 다른 환자 안 좋아서 시간이 걸리신다는데 어떻게 하지?”

어쩔 수 없는 일이었다.

내과나 외과처럼 커다란 과가 아닌 한, 각 과의 응급실 담당 의사는 응급실만 전담하는 게 아닌 병동과 다른 파트를 같이 맡기 때문이다.

의사 한 명이 언제 올지 모르는 응급실 환자만 대기하고 있기에는 대학병원의 인력이 너무 모자랐다.

환자가 진현에게 말했다.

"그 물리치료… 선생님이 해주면 안 돼요?"

그 말에 진현은 고민했다.

'내가? 할 수야 있지만. 해도 될까?'

그러나 고민은 짧았다.

치료할 수 없다면 모를까, 능력이 되는데 괴로워하는 환자를 내버려 둘 수가 없었다.

또 물리치료, 에플리 법은 어려운 치료가 아니어서 능숙한 인턴이면 가능하기도 한 술기다. 따라서 주목받을 부담이 덜했다.

"알겠습니다. 놀라지 말고 머리에 힘 빼십시오."

진현은 교과서에 나온 것처럼 환자의 머리를 움직였다.

45도 오른쪽으로 돌린 상태에서 뒤로 확 젖히고, 왼쪽으로 90도 움직이고…….

그 움직임에 따라 반고리관의 이석이 제자리를 찾아 들어갔고, 거짓말처럼 어지럼증이 사라졌다.

"아, 좋아졌어요!"

"다행입니다."

"감사합니다. 정말 감사합니다."

죽을 것 같은 어지럼증에서 해방된 환자는 연신 감사를 표했다.

"아닙니다. 양성 어지럼증은 후에 재발하는 경우가 종종 있으니 이상이 있으면 다시 병원으로 오십시오."

그리고 환자는 만족한 얼굴로 귀가했다.

"진현아, 역시 대단해."

"아니다. 너도 익숙해지면 쉽게 할 수 있는 술기다."

진현의 말은 진심이었다.

시간은 누구보다 좋은 스승이어서 지금은 어리병병한 인턴이지만 다들 조금만 지나면 금방 익숙해진다.

하지만 다른 초보 인턴들은 그렇게 생각하지 않았다.

어떤 환자를 봐도 능숙하게 처리하는 진현이 대단하게 느껴졌다.

* * *

더구나 진현은 국내 최고 명문 한국대의 수석이자, 병원 내의 소문도 장난이 아니지 않은가?

또 그런 주제에 잘난 티는 전혀 내지 않는다.

동료 인턴들이 하나둘 진현에게 모여들었다.

"진현아, 이 환자는 어떻게 할까?"

"피부 발진 환자인데……."

위의 선생님들이 있었지만 지옥 같은 응급실에서 항상 바빴고, 아무래도 윗사람보단 같은 동기인 진현이 질문하기 편하다.

"나도 잘 모르니, 위 선생님들에게 물어봐라."

"에이, 너 알잖아. 그리고 선생님들 지금 다 바쁘셔서."

처음엔 튕겼지만 자꾸 물어보니 계속 모른 척할 수가 없었다.

그렇게 몇 번 반복하다 보니 진현은 자신도 모르게 '치프 인턴' 이 되어 있었다.

"이 환자는 이렇게 처치하고… 이 환자는 신경과에 노티하고, 이 환자는 내과에……."

진현 덕분에 응급실의 경한 환자들이 깔끔히 정리됐다.

그런데 한창 바쁜 시간을 지나 늦은 저녁때였다.

치프 레지던트인 오형석이 그를 불러냈다.

"김진현, 이리로 좀 와봐라."

표정이 좋지 않다.

'무슨 일이지?'

오형석은 진현을 응급실 으슥한 곳에 위치한 의국(醫局)으로 끌고 갔다.

"거기 앉아라."

진현은 먼지 쌓인 의자를 끌고 와 앉았다.

"무슨 일입니까?"

"너… 누가 너보고 치프 노릇 하래?"

진현은 그 말에 자신의 잘못을 깨달았다.

"죄송합니다. 어쩌다 보니… 주제넘게 나선 점 사과드립니다. 다음부턴 조심하겠습니다."

진현은 고개를 숙였다.

특별히 문제가 생긴 것도 아니고, 일부러 의도했던 것도 아니다.

동기들이 계속 물어보다 보니 어쩌다 그렇게 진행된 것이고, 오히려 진현 덕분에 응급실의 환자가 훨씬 쾌적하게 정리됐다.

하지만 결과를 떠나 그의 행동은 조직의 체계화된 시스템을 무시한 것이었다.

"앞으론 그런 일 없도록 하겠습니다."

그런데 치프의 반응이 의외였다.

그는 웃음을 터뜨린 후 말했다.

"아니, 뭐라고 하려는 것은 아니고. 오늘 너 덕분에 솔직히 많이 편하긴 했다. 네가 우리가 해야 할 일을 대신 해줬으니까. 내과랑 외과에서 소문을 듣긴 했지만, 역시 대단하구나."

"……."

오형석은 부드럽게 말을 이었다.

"그렇지 않아도 죽을 맛인데 네가 지금처럼 수고해 주면 우리야 좋지. 앞으로도 이렇게 해줄 수 있겠니?"

진현은 떨떠름한 얼굴을 했다.

계속 이렇게 하긴 싫은데…….

"만약 잘만 해주면 네 인턴 인사평가는 만점을 줄게."

"…알겠습니다."

윗사람이 시키는데 안 한다고 할 수도 없고, 진현은 고개를 끄덕였다.

"어차피 인턴들이 보는 환자야 다들 간단해서 문제될 일이야 없겠지만, 만약 고민되거나 곤란한 문제가 있으면 꼭 나랑 상의하고."

"네."

"그러면 나가봐."

진현은 인사 후 의국을 나갔다.

그런데 홀로 남은 오형석의 얼굴에서 웃음기가 사라졌다.

"김진현… 착실하고 유능한 것 같은데… 위에선 왜 그러는 거지?"

그는 인상을 찌푸리며 얼마 전 들은 비밀스러운 명령을 떠올렸다.

"저 녀석에게 안 좋은 환자를 배치하라고? 그것도 임종 직전의 말기암 환자처럼 상태가 안 좋고, 회복이 불가능한?"

그런 환자를 인턴에게 배치하면 사고가 안 날 수가 없었다.

아니, 오히려 사고가 나길 바라는 이상한 지령이었다.

마음에 안 들지만 어쩔 수 없었다.

치프인 그도 병원의 일개 부속품 중 하나.

위의 압력에 따를 수밖에 없다.

*　　*　　*

시간이 지나면서 초보 인턴들도 조금씩 응급실에 적응을 했다.

"진현아, 내일은 뭐해?"

혜미가 처음보다 한결 나아진 얼굴로 물었다.

"글쎄? 잠이나 자야지."

24시간 내내 환자를 보다 인턴 숙소로 들어가면 녹초가 되어 그대로 뻗는다.

그러다 오후 늦게 일어나 저녁을 먹고 멍하니 있다 다음 날을 위해 취침, 이게 진현의 일과였다.

"가로수길 가지 않을래? 맛있는 브런치 집 있다던데."

"가로수길?"

최근 압구정을 밀어내고 떠오른 강남의 가장 핫(Hot)한 번화가였다.

뭐, 이 녀석이랑 잠깐 기분 전환하는 것도 나쁘지 않겠지.

대답을 하려는 찰나, 띠링 핸드폰에 메시지가 도착했다.

[응급실에서 고생 많으시죠? 내일은 시간 괜찮으세요? 답변 기다릴게요, 쫑쫑]

이연희였다.

역시나 귀여운 이모티콘과 함께였다.

그 메시지에 진현은 고민했다.

'어쩌지? 이쪽이 선약이긴 한데.'

이연희와는 이미 한 달 전부터 이야기된 약속이라서 시간을 내려면 이쪽이 먼저긴 했다.

"왜? 누구야?"

혜미가 고개를 갸웃했다.

"아니……."

어쩐다?

고민하던 때, 치프 오형석이 진현을 불렀다.

"김진현, 이리로 와봐."

"아, 네."

진현이 다가오자 오형석이 물었다.

"환자 보는데 특별한 문제는 없고?"

"예, 괜찮습니다."

"그래, 네가 잘해줘서 한결 편하다. 인사평가는 만점 줄 테니 걱정 말고."

비록 간단한 환자들이긴 하지만 진현이 깔끔히 처리해 주니 위 레지던트들은 한결 편했다.

특별한 문제도 안 생기고.

그를 응급실로 스카우트해야 한다는 레지던트들도 있어 진현은 진땀을 흘렸다.

'응급실은 내과나 외과보다 더 싫어.'

이 지옥 같은 데서 평생을 보내야 하다니. 그것만은 못한다.

그때 오형석이 살짝 주저하다 말했다.

"미안한데……."

"…말씀하십시오."

"전광판에 뜬 저 환자 네가 좀 봐줄 수 있을까? 인턴이 볼 환자가 아니긴 하지만, 다들 일손이 없어서."

오형석은 뭔가 미안한 표정이었다.

"알겠습니다."

그리고 전광판으로 고개를 돌린 진현은 살짝 인상을 찌푸렸다.

[무명.]

전광판에 표시된 이름이었다.

이름이 무명(無名)일 리는 없으니 신원미상이란 의미였다.

신원미상.

보호자와 환자 둘 중 한쪽만 이름을 알아도 신원미상이 되지 않으니, 환자가 의식도 없는 중환이고 보호자도 존재하지 않는단 뜻이었다.

이런 환자는 상태도 안 좋고, 의사 결정을 할 보호자도 없어 처치가 굉장히 어렵다.

"지금 다들 패혈증 쇼크 환자에 매달려 있어서… 미안하다. 보기 어려울까?"

오형석은 이상할 정도로 미안한 얼굴이었다.

'뭐, 지난 삶 때 다른 병원에서 인턴 할 때는 저것보다 더한 환자들도 응급실에서 봤으니.'

국내 1위 대일병원이니 인턴을 배려해 주는 거다.

인력이 부족한 다른 병원에서는 인턴이라고 간단한 환자만 보지 않는다.

생명이 오락가락하는 중환자를 인턴이 담당하는 경우도 수없이 많다. 그만큼 사고도 많이 나고.

아이러니한 일이지만 어쩔 수 없는 현실이었다.

"다들 바쁘시면 어쩔 수 없지요. 제가 보겠습니다."

"그래, 고맙다."

대화를 마친 후 진현은 환자를 보러 걸어갔다.

그 모습을 보며, 오형석은 무거운 목소리로 말했다.

"미안하다."

치프인 그는 119에서 연락을 미리 받아 '무명' 이란 환자의 상태를 알고 있었다.

절대 인턴이 볼 환자가 아니었다.

그리고 그것을 떠나, 위에서 가해지는 압력.

"빌어먹을. 저 착실한 애한테 자꾸 왜 그러는 거야? 더러워서 병원을 떠나든지 해야지."

오형석은 욕설을 내뱉었다.

*　　　*　　　*

“이런.”

진현은 진찰대에 누운 환자를 보고 인상을 찌푸렸다.

생각보다 훨씬 상태가 안 좋았다.

“알코올 간경화인가? 뭐지?”

50대 후반쯤으로 보이는 남자 환자는 의식이 전혀 없었다.

꼬집고, 강하게 자극을 줘도 간신히 눈을 뜨는 게 고작이었다.

“으으…….”

샛노랗게 변한 피부와 눈동자, 술 냄새와 오줌 썩는 냄새가 진동을 했다.

영양실조인지, 복수인지 깡마른 몸에 배만 올챙이처럼 튀어나와 있었다.

“어떻게 발견되신 것입니까?”

진현은 옆에 서 있는 119대원에게 물었다.

“글쎄요. 저희도 신고 받고 간 거여서. 노숙자인데 길거리에 쓰러져 있었어요.”

상태 안 좋은 노숙자.

안 좋은 느낌이 진현의 머리를 스치고 지나갔다.

‘곤란한데.’

119대원이 바쁜 얼굴로 종이를 내밀었다.

"저희 가봐야 해서. 여기 사인해 주세요."

"알겠습니다."

사인을 받은 119대원은 바람처럼 사라졌다.

이제 이 환자에게 일어나는 모든 책임은 주치의인 진현의 몫이었다.

'잘못하면 이거 전부 뒤집어쓰는데.'

지난 삶 때 주변에서 목격한 몇몇 안 좋은 경우들이 떠올랐으나 진현은 고개를 저었다.

'일단 환자를 살리는 게 먼저지. 그런 일들은 우선 환자를 살리고 생각하자.'

혼수상태라 대화가 안 되니 몸을 만지며 빠르게 검진을 했다.

'간이 안 좋아 생긴 혼수가 확실해.'

황달로 인한 샛노란 피부, 얇은 피부 밑으로 만져지는 커다란 간, 어마어마한 복수, 숨 쉴 때마다 퍼지는 썩은 오줌 냄새.

이 모든 것이 간성혼수를 시사했다.

"여기 처방한 피검사 좀 해주세요. 수액도 달아주시고요."

진현은 필요한 처방들을 낸 후 오형석에게 갔다.

"응?"

오형석은 양심의 가책을 느끼며 진현을 바라봤다.

"응급실의 초음파를 써도 되겠습니까?"

"아, 그거야 마음대로. 그런데 초음파는 왜?"

"간의 상태를 보기 위해서입니다."

인턴이 초음파를 본다고 하자 오형석은 눈을 동그랗게 떴다.

"너 초음파 볼 줄 알아?"

초음파는 관련 전공 의사가 아니면 보지 못한다.

하지만 마음이 급한 진현은 이것저것 생각 않고, 초음파를 환자에게 가져갔다.

그가 초음파 끝을 환자에게 갖다 대니 간의 화면이 깔끔하게 나타났다.

그 명확한 솜씨에 뒤에 서 있던 오형석 및 다른 응급의학과 레지던트, 인턴들은 감탄을 토했다.

"너 어떻게?"

"학생 때 조금 배워서……."

그게 말이 되나? 하는 그들의 표정에 뭔가 또 실수한 것 같지만 진현은 신경 쓰지 못했다.

초음파에 보인 간의 상태가 심각했던 것이다.

"이런… 이건."

쪼그라들고 오돌토돌한 간.

전형적인 간경화의 모습이었다. 하지만 문제는 그것이 아니었다.

거의 간 전체에 걸쳐 정체불명의 혹이 간을 침범하고 있었다.

10㎝은 넘어 보이는 어마어마한 크기다.

"HCC(간암)……."

진현은 신음을 흘렸다.

간암.

그것도 치료가 불가능할 정도의 거대 간암이었다.

주요 혈관을 다 침범하고 있고, 이 정도 크기면 원격 전이가 동반된 말기 간암이라 봐야 했다.

그리고 그때, 간호사가 말했다.

"김진현 선생님, 이거 보세요. 응급으로 돌린 피검사 결과 나왔어요."

컴퓨터를 확인한 진현은 다시 인상을 찌푸렸다.

"간의 기능을 반영하는 황달 수치 48, 응고 수치 4.3?"

황달 수치 48에 응고 수치 4.3이면 간의 기능이 거의 남아 있지 않다고 봐야 했다.

이 경우 환자는 며칠… 아니, 어쩌면 오늘 안에 사망할 수도 있다.

'이런…….'

굉장히 느낌이 안 좋았다.

* * *

무조건 입원을 해야 하는 상황이기에 진현은 일단 내과에 연락했다.

하지만 연락을 받은 내과 레지던트는 난색을 표했다.

"그게 입원은 곤란한데……."

"어째서입니까?

"어차피 곧 사망할 환자이고… 신원이 확실하지 않으니."

진현은 말뜻을 이해했다.

신원이 확실하지 않은 노숙자를 입원시킬 순 없다.

돈을 낼 사람이 없기 때문이다.

병원이 자선사업기관도 아니고 100% 돈을 안 낼 사람을 입원시킬 순 없다.

"알겠습니다."

"너도 괜히 고생하지 말고, 대충 다른 곳으로 보내."

내과 레지던트는 말했다.

야박하게 들리지만, 진현을 생각한 말이었다.

이대로 응급실에서 진현이 보고 있다 잘못되면 모든 책임은 주치의인 진현의 몫이기 때문이다.

"너 이런 환자 괜히 잘못되면 곤란하다. 죽을 때까진 코빼기도 안 비치던 보호자가 나타나 책임지라고 하면 진짜 골 아파."

"네, 감사합니다."

진현은 고개를 끄덕였지만 어느 병원이 이런 환자를 받아주겠는가?

만약 보낸다면 그냥 죽으라고 내쫓는 거다.

'어쩔 수 없군.'

혜미가 옆에서 걱정스레 물었다.

"진현아, 어떻게 해?"

"봐야지."

"응?"

진현은 말했다.

"입원이 안 되면, 내가 응급실에서 데리고 치료해야지."

"하, 하지만……."

"돈이 없다고, 보호자가 없다고 치료를 받을 권리가 없는 것은 아니니까."

담담한 목소리에 혜미는 입을 다물었다.

6장

의사(醫師). 그 이유

그 뒤 진현은 최선을 다해 신원미상의 '무명남'을 치료했다.

간기능 보호제를 쓰고, 혼수를 깨게 하기 위해 관장을 하고…….

그러던 중, 원무과에서 전화가 왔다.

—김진현 인턴 선생님? 원무과입니다.

"네."

—현재 진료 중이신 무명(無名) 환자분 때문에 전화드렸습니다.

"무슨 일이십니까?

—지금 여러 약이 들어가고 있는데… 환자분이 보호자도 없고, 신원도 확인할 수 없어서 약을 쓰는 족족 병원 손해입니다.

"그러면 약을 쓰지 말라는 뜻입니까?"

—그런 뜻은 아니지만, 100% 병원 손해란 것을 말씀드리려 전화한 것입니다. 어쩌면 김진현 선생님께 문책이 갈 수도 있습니다.

결국 약을 쓰지 말라는 뜻이다.

기가 찬 전화였다.

병원 사정이 이해가 안 되는 것은 아니지만… 진현은 한숨을 내쉬었다.

"일단 그런 이야기는 환자분이 좋아진 다음 듣도록 하겠습니다. 그러면 진료가 바빠 끊겠습니다.

—어, 선생님? 선생님?

뚜우— 뚜우—

진현은 핸드폰을 닫았다.

정말 곤란한 일이다.

'그렇다고 치료를 안 할 수도 없잖아.'

그는 무명의 환자에게 다가갔다.

볼록하게 튀어 오른 배.

'제길.'

이전 삶에서 그의 아버지가 말기 위암으로 투병할 때도 저런 모습이셨다.

암세포가 복막에 드글드글 퍼져 배에 끝없이 물이 찼다.

당시 그의 집은 기울 대로 기울어 마지막엔 제대로 된 치료도 못 해드리고 괴롭게 돌아가시는 것을 지켜볼 수밖에 없었다.

당시의 일을 기억하고 있는 진현은 도저히 이 환자를 내쫓아버릴 수가 없었다.

그런데 그때, 진현의 정성 때문일까?

계속 의식을 못 차리던 환자가 눈을 떴다.

"으… 여긴……?"

"정신이 드십니까?"

진현은 놀라 물었다.

"으……."

명료하진 않았으나 확실히 호전된 의식 상태였다.

"사, 살려주세요……."

환자는 그 말을 끝으로 다시 의식을 잃었다.

진현은 환자의 손을 잡았다.

"알겠습니다."

*　　*　　*

밤을 꼬박 새는 24시간의 근무 후에도 진현은 쉬러 들어가지 못했다.

환자의 상태가 안 좋았기 때문이다.

당연히 혜미와 이연희와의 약속은 무기한 연기됐다.

"좀 쉬어야지, 진현아."

혜미가 걱정스러운 얼굴로 말했다.

진현은 눈을 비볐다.

"괜찮아. 아까 의국에서 잤다."

"얼마나?"

"글쎄… 한 시간?"

혜미는 속상한 표정을 지었다.

"걱정하지 마. 너도 나중에 내과 전공하면 자주 이럴 거다."

"그땐 그때고. 너 못 자면 속상하단 말이야."

진현은 피식 웃었다.

"고맙다. 너라도 가서 쉬어."

그런 진현의 노력 덕분일까?

환자는 믿을 수 없게도 점차 호전을 보였다.

그리고 얼마 뒤, 환자는 드디어 정상적인 대화를 할 수 있을 정도로 의식을 차렸다.

기적적인 일이었다.

"서, 선생님… 감사합니다. 선생님 덕분에 살았어요."

진현은 미소 지었다.

"아닙니다. 좋아져서 다행입니다."

"정말… 정말 감사합니다."

원래 간성혼수가 심할 때의 일은 기억이 안 나게 마련이지만, 환자는 놀랍게도 대충의 기억을 하고 있는 듯했다.

그는 연신 진현에게 감사를 표했다.

"그런데 어떻게 쓰러지셨던 것입니까?"

그 물음에 환자는 깊은 한숨을 토했다.

"제 이름은 김성민이라고 합니다."

말문을 연 환자는 간단히 자신의 이야기를 했다.

별다를 것 없는 이야기다.

직장을 다니다 명예퇴직, 이후 몇 번의 창업 실패 끝에 빚에 못 이겨 노숙자 신세, 가족들과는 모두 헤어지고, 간경화에 간암 말기.

나름 열심히 살았지만 실패한, 너무 평범해 슬픈 이야기다.

왜 이 세상은 단순히 열심히 사는 것만으론 충분하지 못할까?

"저… 선생님, 저는 오래 살지 못하겠지요?"

"……."

진현은 입을 다물었다.

기적적으로 호전을 보였지만, 일시적인 호전일 뿐이다.

곧 다시 나빠질게 뻔했다. 그건 의학적으로 어쩔 수 없는 일이었다.

남자는 힘없이 웃었다.

"괜찮아요. 솔직히 말해주세요."

"…오래는 어려울 것 같습니다."

"그렇군요."

이미 직감하고 있던 탓일까? 남자는 동요하지 않았다.

"선생님, 부탁이 있어요."

"무엇입니까?"

"사실 아들내미가 하나 있는데… 죽기 전에 한 번만 보고 싶은데… 가능할까요?"

"연락이 되는 상태입니까?"

"지난번에 한 번……."

"온다고 했습니까?"

남자는 대답하지 않았다.

진현은 상황을 짐작했다.

세상 그 무엇보다 진한 게 피라고 하지만 기본적인 돈이 없으면 혈육의 정이 유지되지 않는 경우도 많았다.

슬프지만 그게 현실이었다.

그러나 진현은 답했다.

"네, 만나실 수 있을 겁니다. 그렇게 해드리겠습니다."

* * *

하루, 이틀…….

남자는 계속 호전을 보였다.

응급실의 다른 사람들은 이러다 괴물 인턴 김진현이 기적이 일으키는 게 아닌가 하고 쳐다봤다.

그러나 진현은 고개를 저었다.

'일시적인 호전일 뿐이야.'

회광반조(回光返照)란 말이 있다.

해가 지기 직전에 일시적으로 햇살이 강하게 비추는 것을 뜻하는 말로, 실제 의료 현장에서도 그런 일이 나타난다.

지금 남자의 상태는 그 회광반조에 가까웠다.

아니나 다를까, 어느 늦은 새벽에 다른 환자를 보고 있을 때였다.

"김진현 선생님!!"

응급실 간호사가 급한 얼굴로 진현을 불렀다.

"김성민 환자가 피를 토했어요!!!"

"……!"

진현은 김성민 환자의 자리로 뛰어갔다.

그리고 그는 깜짝 놀랐다.

침대는 물론 주변이 완전 피바다로 변해 있었다.

"꺼억, 꺼억……."

연신 피를 토하는 남자는 눈알이 하얗게 뒤집어져 있었다.

"혈압은 어떻습니까?"

"50/30이에요."

정상이 120 정도니 끔찍하게 떨어진 거다.

진현은 재빨리 오더(Order)했다.

"빨리 수액 투입해 주십시오. 혈액도 올려주시고요. 간암, 간경화에 동반된 정맥류 출혈 가능성이 높으니 SB(Sengstaken-Blakemore) 튜브와 혈관 수축제도 주세요."

중환자를 많이 경험한 레지던트의 입에서나 나올 빈틈없는 오더에 간호사들이 놀란 표정을 지었다.

진현도 자신의 오더가 인턴이 내릴 수준의 것이 아님을 알지만 따질 때가 아니다.

혈압이 더 떨어지면 죽는다.

간호사가 처치하는 사이, 진현은 두꺼운 SB(Sengstaken-Blakemore) 튜브를 환자의 코를 통해 식도까지 밀어 넣어 지혈을 시도했다.

"수혈 빨리 해주세요."

"네, 선생님!!"

그렇게 새벽 내 매달린 덕분에 해가 뜰 때쯤 환자는 간신히 안정을 찾았다.

아니, 안정은 아니다.

혈압은 잡혔지만 의식은 코마였다. 그래도 다행히 피는 멈춘 듯했다.

'내시경을 해야 하는데. 지금 상태에서는 어렵군.'

진현은 고개를 저었다.

그런데 그때 반갑지 않은 전화가 왔다.

요즘 하루에 몇 차례씩 통화하는 원무과였다.

―김진현 선생님, 저 원무과장입니다. 지금 원무과로 오실 수 있으십니까?

진현은 인상을 찌푸렸다.

원무과장이 직접 전화한 적은 처음이다.

피 묻은 장갑을 벗고, 원무과로 향했다.

대머리 원무과장은 진현을 보자 인상을 찌푸렸다.

"앉으세요. 노숙자 환자 때문에 불렀습니다."

"무슨 일입니까?"

"몰라서 물으시는 겁니까? 지금까지 병원 손해가 얼마인지 아세요? 더구나 이번 새벽에는 SB 튜브와 혈관 수축제에 수혈까지 하다니. 그게 전부 얼마인지 아십니까?"

원무과장은 으름장을 놓으며 협박했다.

"이제 더 이상은 용납 못합니다."

"……."

진현은 잠시 침묵했다가 입을 열었다.

"알겠습니다. 더 이상 병원에 손해 끼치지 않겠습니다."

원무과장의 얼굴이 밝아졌다.

"잘 생각했습니다. 빨리 퇴원 수속을……."

그때 진현이 탁자에 거칠게 무언가를 올렸다.

신용카드였다.

원무과장은 눈을 크게 떴다.

"이게 무슨?"

"얼마입니까?"

"네?"

"지금까지 얼마 나왔냐고요. 이걸로 계산하십시오."

"……!"

원무과장은 말을 더듬거렸다.

"이, 이건… 안 됩니다. 이런 경우는 지금까지… 금액도 적지 않습니다."

하지만 진현은 딱 잘라 말했다.

"제 돈입니다. 제 마음대로 쓰겠습니다."

그가 회귀 후 열심히 일하고, 투자한 돈은 나날이 불어나 이제 20억에 가깝다.

상부(上府)의 비(婢)란 여인 덕에 회귀하여 거저나 다름없이 번 돈이니 조금쯤 이렇게 써도 상관없었다.

"모자라면 말씀하십시오."

원무과장은 벙어리처럼 입을 다물었다.

* * *

원무과에서 나오는데, 이번엔 치프 오형석이 그를 불렀다.

"김진현, 잠깐 좀 이야기하자."

"……?"

진현은 피로한 마음이 들었다.

며칠째 잠을 못 잔 것인지 모르겠다.

오형석은 그를 허름한 의국으로 끌고 갔다.

"무슨 일이십니까?"

오형석은 무거운 얼굴로 진현을 바라봤다.

"그만해라."

"네?"

"저 환자 치료 그만하라고."

"……!"

단순한 시비가 아니었다.

오형석은 걱정을 담아 말했다.

"어차피 나빠질 수밖에 없는 환자야. 이렇게 병원에서 끌다가 사망하면 너한테 좋을 것 하나도 없어. 자의퇴원서 서약받고 퇴원시켜."

"하지만……."

"환자가 말한 그 아들 때문에 그러는 거냐?"

치프인 오형석도 대충의 사정을 알고 있었다.

"너도 알 만큼 알 테니 물어보는 건데, 너는 정말로 그 아들이 올 거라 생각하는 거냐?"

"……."

"올 거면 벌써 왔겠지. 아들은 안 와."

그 말이 맞았다.

아들은 안 올 것이다. 아마도.

"이번 일을 응급의학과 교수님들은 물론이고, 위에서도 안 좋게 보는 사람이 많아. 책잡히기 전에 빨리 퇴원시켜. 자의퇴원서 받고 퇴원시키면 그 뒤 일은 내가 책임져 주겠다."

진현은 입을 다물었다.

불편한 침묵이 둘 사이를 흘렀다.

"빨리 결정해."

진현은 차분히 말했다.

"…길거리에서 죽게 할 수는 없지 않습니까?"

"뭐?"

진현은 오형석의 눈을 바라봤다.

"외람된 질문이지만… 선생님께서는 어째서 의사가 되셨습니까?"

"……!"

오형석의 눈이 흔들렸다. 의사가 된 이유라…

그는 환자를 살리는 일을 하고 싶어서 의사를 했었다.

의대에 들어온 후, 삶에 치여 까마득하게 잊고 있었지만 말이다.

진현은 말을 이었다.

"저는 어쩌다 수능 대박이 나 점수에 맞춰서 의대에 왔습니다. 처음 의사가 되려고 한 이유도 단 하나, 돈을 벌기 위해서였죠."

진현은 이전 삶을 떠올렸다.

그래, 그는 돈을 벌기 위해 의사가 됐었다.

그리고 그건 이번 삶에서도 다르지 않았다.

“지금도 전 돈을 벌기 위해 의사질을 합니다. 의사질을 해서 그냥 적당히 버는 정도가 아닌 떼돈을 벌고 싶습니다.”

“…….”

진현은 씁쓸한 표정으로 말했다.

“그래도… 그래도… 아무리 돈을 벌기 위해 의사질을 한다 해도… 의사는 의사(醫師) 아닙니까? 전 최소 제가 보는 환자에게만큼은 부끄럽지 않은, 최선을 다하는 의사가 되고 싶습니다.”

“……!!”

오형석의 눈이 요동을 쳤다.

진현은 고개를 숙였다.

“걱정해 주셔서 감사합니다. 주제넘게 말한 것도 사과합니다. 먼저 나가보겠습니다.”

그리고 진현은 의국을 나갔다.

남은 오형석의 가슴에 진현이 남긴 말이 비수처럼 꽂혔다.

*　　　*　　　*

그리고 다음 날 오후에 노숙자, 김성민 환자는 의식을 회복

못하고 간기능 악화로 사망했다.

주치의인 진현 외에 아무도 지켜보는 이 없는 쓸쓸한 죽음이었다.

"5월 10일 15시 30분, 김성민 환자분 사망하셨습니다."

진현의 사망 선언은 아무에게도 닿지 못하고 흩어졌다.

"지, 진현아… 괜찮아?"

옆에서 모든 것을 지켜본 혜미가 눈물을 글썽했다.

진현은 살짝 웃었다.

"괜찮다."

"정말?"

"정말로."

진현은 눈물을 흘릴 것 같은 혜미의 머리를 흐트러뜨렸다.

"너도 나중에 익숙해질 거다."

중환자실에서 일하다 보면 하룻밤 사이에 4명의 환자가 죽기도 한다.

따라서 이런 죽음은 익숙했다.

중요한 것은 슬픔에 잠기는 것이 아니다.

한 명, 한 명의 죽음을 가슴에 묻고 눈앞의 환자에게 최선을 다하는 것.

그것이 가장 중요했다.

* * *

노숙자, 김성민 환자의 사망은 곧바로 이사장실로 보고됐다.

이사장 이종근은 부드럽게 웃었다.

"잘됐군요. 여러 행정적 문제가 겹친 노숙자의 사망이니 더욱 좋아요."

민 비서는 대답했다.

"네."

"이 노숙자는 다른 의사의 개입 없이 처음부터 끝까지 김진현 선생님만 본 것이죠?"

"네, 그렇게 손을 썼습니다."

이종근은 흡족한 표정을 지었다. 그는 가죽 의자의 몸을 기댔다.

"아주 좋아요. 응급실에서 인턴이 진료 중 사망한 '사고' 케이스니 자세히 조사해 봐야겠네요. 조사팀을 꾸려보세요."

그는 '사고'에 악센트를 넣었다.

민 비서는 살포시 웃었다.

"네, 지금 바로 착수하겠습니다."

이런 류의 환자는 처음부터 끝까지 샅샅이 뒤지면 먼지가 안 나올 수가 없다.

어떤 조치를 해도 나빠지는 말기 환자기 때문이다.

이전의 저명한 외과의사였던 대일병원 외과의 과장, 병원

장자리까지 역임했던 이종근은 그 사실을 잘 알고 있었다.

'드디어 귀찮은 파리를 쫓을 수 있겠군.'

뿌듯한 말투로 말했다.

"수고해 주세요."

*　　*　　*

민 비서는 신속히 조사팀을 꾸렸다.

해당 분야의 전문 교수들이 조사위원을 맡았다.

"그런데 이런 일은 흔한 일 아닌가?"

"그러게 말입니다. 물론 인턴이 혼자 진료하다가 응급실에서 환자가 사망한 것은 문제이긴 하지만."

"인턴이 혼자 진료하도록 놔둔 응급의학과의 책임 아니야? 치프가 누구야?"

조사위원을 맡은 교수들은 고개를 갸웃했다.

하나같이 옳은 지적이었으나 민 비서는 차갑게 말했다.

"그 점에 관해서는 따로 참작을 할 것입니다. 교수님들께서는 김진현 인턴 선생님이 진료 중 어떤 잘못을 했는지를 검토해 주십시오."

의문점이 많았으나 민 비서의 싸늘한 말에 다들 입을 다물었다.

고작 비서이지만, 그녀는 이사장 직속 기관인 창조기획실의 실장이다.

그리고 그녀가 직접 나선다는 것은 이 일에 이사장의 모종의 의도가 숨어 있다는 뜻이었다.

'도대체 인턴이 무슨 일로 이사장님께 찍혔는지는 모르지만… 우리야 시키는 대로 따라야지.'

아무리 교수라도 이사장이자, 대일 그룹의 삼남(三男)인 이종근의 눈 밖에 나면 병원 생활은 끝이었다.

"꼼꼼히 검토해 주세요."

"알겠소, 민 실장."

교수들은 그녀를 창조기획실의 직책인 민 실장으로 높여 불렀다.

어두운 회의실에서 그들은 김진현의 처치를 샅샅이 복기했다.

"흐음……."

"처음에 피검사와 초음파로 진단했군."

"간성혼수에 관장……."

민 비서가 물었다.

"어떤가요?"

그녀는 유능한 인재지만, 의학지식은 없다.

차트를 봐도 뭐가 잘못된 것인지 알아보지 못했다.

한 교수가 말했다.

"대단하군요."

"네?"

"완벽한 처치에요."

"……!"

다른 교수가 의문을 표했다.

"그런데 왜 처음에 CT가 아닌, 초음파를 봤지?"

"콩팥 수치가 높아서 그런 것 아니겠소? 그리고 항암 치료를 할 것도 아니고, 말기암 노숙자한테 CT를 그때 찍어도 돈만 들지 딱히 얻을 정보도 없고……."

"하긴 그냥 다른 환자였으면 CT가 답이지만, 저 경우 초음파도 훌륭한 선택이군."

이번엔 젊은 교수가 물었다.

"응고 수치가 높아 지혈이 안 될 텐데 관장은 위험한 치료 아니었을까요?"

"그건 그렇지. 하지만 인턴 선생님이 차트에 직접 기록했군. 다른 방법이 없고, 출혈에 주의해 최대한 조심히 시행했다고. 실제로도 의식이 깬 다음엔 곧바로 먹는 약으로 바꿨고. 허허, 이거 인턴 맞아? 무슨 인턴이 이렇게 노련해?"

그 뒤 여러 고비의 처치에 대한 이야기가 나왔다.

"내시경을 안 한 게 아쉽군요."

"그렇긴 하지만 피가 났을 때는 혈압이 너무 낮아 할 수 있는 상황이 아니었어. 그 뒤에는 SB(Sengstaken—Blakemore) 튜브로 지혈이 된 상태고. 돈도 없는 노숙자인데 나라도 안 했을 것 같은데?"

"그러게 말입니다. 이 인턴 도대체 누구지? 김진현?"

누군가 말했다.

"아, 들은 적 있습니다. 한국대 수석 졸업자라고 하더군요."

"아, 나도 최대원 교수한테 들은 적 있는 것 같다. 그러면 우리 후배잖아?"

대일병원 교수의 90%는 국내 최고 명문 한국대 의대 출신이다.

비공식 청문회장이 감탄의 장으로 바뀌었다.

"요즘 애들은 다들 이렇게 잘하나? 나도 한국대 수석 졸업이지만 저 정도는 아니었던 것 같은데."

"에이, 형님보다 훨씬 낫죠. 그런데 형님 수석 졸업이셨습니까?"

"에헴, 이 사람아. 나 이래 봬도 수석 졸업이야."

"그런데 저 인턴 우리 내과 한다고 했던 것 같은데?"

그 말에 구석에서 조용히 앉아 있던 간이식의 주니어 교수, 유영수 교수가 말했다.

"아닙니다, 외과 할 것입니다."

"뭐? 아니야, 내과야."

그 소란스러운 분위기에 민 비서가 불편한 헛기침을 했다.

"크흠! 다들 지금 뭐하시는 거죠?"

"……."

"쓸데없는 잡담은 삼가고 문제를 찾아주세요."

잠시 후 날카로운 인상의 중년 남자가 말했다.

외과 간암 파트, 윤석호로 강직한 성격으로 유명한 교수로 병원 고위 행정층과 마찰을 빚은 적이 많다.

"없소."

"네?"

"문제없다고."

민 비서의 긴 속눈썹이 파르르 떨렸다.

"그게 무슨……?"

"이보시오, 민 실장!"

"……!"

윤석호가 낮게 말했다.

"우린 이 분야에서 대한민국 최고의 권위자들이오. 이사장님 뜻이 무엇인지는 모르지만, 우리가 없다고 판단하면 없는 거요. 알겠소?"

"……!!"

"검토 끝난 것 같으니 다들 일어납시다."

그 말에 교수들이 하나둘 민 비서의 눈치를 보더니 자리에서 일어났다.

"크흠, 이만 가보겠소. 미안합니다. 그래도 아무런 문제가 없는데, 있다고 할 수는 없는 노릇 아니겠소?"

다들 각 분야에서 명망 높은 대가들.

이사장의 눈치를 안 볼 순 없지만 그렇다고 개처럼 생각 없이 핥진 않는다.

선배 의사로서 까마득한 후배 인턴에게 칭찬은 못할망정 없는 죄를 만들어 씌울 수는 없는 노릇 아닌가?

결국 회의실에 덩그러니 남은 민 비서는 입술을 깨물었다.

'안 돼. 무슨 수를 써서라도 잘못을 만들어야 해.'

최근 이사장 이종근의 심기가 무척 불편했다.

몸까지 섞은 사이지만 그녀는 이종근이 무서웠다.

민 비서는 응급의학과 치프 오형석에게 전화를 걸었다.

—무슨 일입니까?

"창조기획실 실장 민소영입니다. 잠시 만날 수 있을까요?"

—…알겠습니다.

내키지 않은 대답이 전화기로 들렸다.

그녀는 붉게 립스틱을 칠한 입술을 깨물었다.

'모든 게 완벽할 수는 없을 거야. 의학적으로 잘못한 게 없다면… 다른 쪽으로 덮어씌우면 돼.'

그리고 그건 김진현의 책임자였던 치프 오형석이 적당히 말을 맞춰준다면 어려운 일이 아니었다.

*　　*　　*

하지만 상황은 그녀의 뜻대로 돌아가지 않았다.

"그래서 김진현에 대해 하고 싶은 말이 정확히 뭡니까?"

오형석이 삐딱한 태도로 답했다.

민 비서는 당황했다.

'뭐지? 지난번만 해도 이런 태도가 아니었는데…….'

"그러니까 김진현 선생님이 노숙자 환자를 볼 때 잘못한 점은 없었는지……."

"정확히 무슨 잘못을 말하는 겁니까?"

호의적이지 못한 말투에 민 비서는 떠듬떠듬 말했다.

"그러니까… 태도가 안 좋았다든지……."

"태도가?"

"아니면 중환자를 보는데 신경을 덜 썼다든지… 노숙인이라서 무시를 했다든지……."

오형석은 짧게 답했다.

"없습니다."

"네?"

"다시 한 번 말하지요. 김진현 선생의 진료의 문제점을 알고 싶은가 본데, 없습니다. 오히려 윗사람인 제가 부끄러울 정도의, 오로지 환자를 위한 진료였습니다."

"……!!"

"더 할 말 없으면 그만 가보겠습니다."

오형석은 냉정히 등을 돌렸다.

민 비서는 눈꼬리를 올리며 외쳤다.

"이이!! 저는 이사장님의 지시에 따라 온 거예요. 이런 식으로 대답하고도 괜찮을 거라고 생각하는 거예요?!"

그 외침에 오형석은 빤히 그녀를 바라봤다.

"어차피 전 이번 년도만 지나면 레지던트 끝나고 군대 가는데… 뭔 상관이 있겠습니까?"

"……!!"

"뭐, 군대 제대 후 대일병원에 발을 비벼볼까도 생각했는데… 됐습니다. 더러워서 그냥 다른 병원 취직하죠. 안녕히 잘 지내시길."

홀로 남은 민 비서는 분노에 주먹을 떨었다.

하지만 그녀가 할 수 있는 것은 아무것도 없었다.

* * *

비서실로 돌아온 그녀는 기다란 손가락 사이로 얼굴을 파묻었다.

'안 돼. 절대로. 이런 식으로 끝나면.'

그녀의 검은 눈동자가 가라앉았다.

'죄를 덮어씌워야 해. 노숙자, 간암으로 사망 환자. 무엇으로 트집을 잡을 수 있을까?'

칠흑 같이 검은 머리가 흘러내려 눈동자를 가렸다.

그 어두운 시야 사이로 그녀는 고민했다.

'그래, 의학적으로 문제는 없었지만 보호자도 없고, 가망이 없는 말기 암 환자한테 지나친 처치를 한 것 아닐까? 그것에 중점을 맞춰 문제를 만들어야겠다.'

그렇게 없는 죄를 머리에서 구상하고 있을 때였다.

그녀는 의아한 물음을 뱉었다.

"이게 뭐지?"

그녀의 모니터는 한 포털사이트의 메인 페이지를 띄우고 있었는데, 거기에 이상한 문구가 떠 있었다.

〈대일병원의 따뜻한 의사, 노숙자의 마지막 가는 길을 달래다.〉

포털 사이트에 게재된 뉴스였다.

이게 뭐지?

대일병원의 따뜻한 의사?

그녀는 불안한 마음으로 기사를 클릭했다.

화면이 바뀌며 다음과 같은 기사가 떠올랐다.

〈간암 말기의 노숙자 환자를 마음으로 치료한 의사가 있어서 세간에 훈훈한 감동을 주고 있다.〉

"……."

그녀는 입을 다물었다.

기사의 내용을 살피니 노숙자 환자가 화장을 치르기 직전 품에 간직하고 있던 유서 겸 편지가 발견되었고, 그 편지에는 돈도 없고 보호자도 없는 자신을 마음을 다해 치료해 준 젊은 의사에 대한 감사가 구구절절 적혀 있었다 한다.

기사의 마무리는 다음과 같았다.

〈대일병원의 김진현 의사는 고인을 마음을 다해 치료했을 뿐 아니라, 경제적 사정이 어려운 고인을 위해 모든 치료비를 자비로 부담하였다.

하지만 김진현 의사는 자신은 특별히 한 게 없다며, 일체의 인터뷰를 거절해 더욱 감동을 주었다.

오른손이 한 일을 왼손이 모르게 하라는 구절을 떠올리게 하는 태도로, 각박한 요즘 세상을 따뜻하게 달구는 일화이다.〉

그녀는 헛웃음을 뱉었다.

이젠 수습불가였다.

더 최악인 것은 그것이 끝이 아니란 점이다.

이사장의 높은 뜻은 짐작도 못하는 할 일 없는 홍보팀이 또 사고를 쳤다.

병원 대문, 그것도 팝업 창까지 띄워 진현의 일을 홍보해 버린 것이다.

덕분에 대일병원에 근무하는 의사들은 물론이고, 방문하는 모든 환자까지 진현의 일을 알게 되었다.

*　　*　　*

그리고 여기 인터넷 기사를 보며 비명을 지르는 사람이 있었다.

'안 돼!!!'

김진현이었다.

조금 전, 인턴 숙소에서 시체처럼 자던 그를 황문진이 깨웠다.

"진현아, 이것 봐봐!! 대박이야!"

"뭔데? 나 요즘 환자 때문에 며칠째 계속 못 자서 그냥 잔다……."

"아니야, 꼭 봐야 해!!"

그리고 바위처럼 무거운 눈을 들고 인터넷을 본 진현은 자신의 시력을 의심했다.

이게 뭐야?

그러고 보니 아까 잠결에 인터뷰 어쩌구 하는 전화를 들었던 것 같기도… 귀찮아서 끊었었는데…….

거기까지 생각이 미친 진현은 속으로 비명을 질렀다.

'안 돼!!! 젠장, 왜 맨날 이런 일이?'

또 이런 사고를 치다니. 아니, 이건 내 잘못이 아니잖아?

"아, 몰라. 나 그냥 잔다."

머리가 하얗게 변한 진현은 침대로 돌아갔다.

생각하고 싶지 않았다. 왜 뭘 하나 해도 항상 대형 사고로 이어지지?

'나도 모르겠다. 그냥 자자. 피곤해. 이것도 어쩌면 꿈일지도.'

침대에 누운 진현은 횡설수설 생각했다.

꿈일 거다. 아니, 꿈이어야 한다.

그는 그렇게 기원했다.

하지만 그 바람은 이뤄지지 않았다.

그렇게 진현은 두 달 사이에 대일병원 홈페이지 대문에 두 번이나 출현하는 인턴이 되었다.

대일병원의 모든 사람에게 김진현이란 이름이 알려지는 순간이었다.

7장

가로수길

이후 응급실 생활은 평온했다.

가끔 '따뜻한 의사 김진현' 에게 진료를 받으러 오는 환자들을 제외하면 말이다.

모두 인터넷 기사 때문이다.

'나한테 허락도 받지 않고 그런 기사를 쓰다니.'

한숨이 나왔다.

그래도 부모님이 기사를 보고 너무 좋아하셔서 마음을 달랬다.

아들의 멋진 기사에 부모님들은 동네잔치라도 연 듯하다.

'그래, 이런 기사도 나중에 피부과 개업할 때 액자로 만들

어 벽에 붙여두면 광고가 되겠지.'

진현은 애써 좋게 생각했다.

한국대 의대 수석, 대일병원 피부과 출신의 따뜻한 의사 김진현의 피부과!

선전 효과는 확실히 좋겠다.

'그러려면 피부과에 합격해야지. 더 끌지 말고 이번 주쯤 인사를 드려야겠어.'

그러던 어느 날이었다.

전날 24시간 근무를 끝내고 아침부터 잠을 잔 진현은 오후 4시쯤 일어났다.

'더 자고 싶다.'

멍하니 생각했다.

하지만 일어나야 했다.

오늘은 약속이 있었다.

다름 아닌 이전 삶의 아내인 이연희와.

'무슨 얼굴로 봐야 할지 모르겠군. 빨리 밥만 먹고 들어와야지. 그런데 뭐 먹지? 가로수길…….'

이전 삶에서 그녀가 좋아하던 음식점이 떠올랐다.

이번 삶에서도 좋아하려나?

뭐, 싫어하진 않겠지.

씻고 대충 나갈 준비를 하고 있는데, 숙소 근처 휴게실에서 혜미를 만났다.

"아, 진현아!! 준비하고 있어?"

혜미는 활짝 웃으며 종종걸음으로 그에게 뛰어왔다.

진현은 그녀를 보고 눈을 살짝 크게 떴다.

예뻤다.

원래도 예쁜 얼굴이지만, 오늘은 시선을 뗄 수가 없었다.

어느덧 어깨까지 자란 부드러운 머리칼이 하늘거렸고 붉은 입술이 고혹적으로 빛났다.

몸의 실루엣을 드러내는 원피스는 윗부분이 파여 하얀 살결을 드러냈다.

너무나 아름다운 모습에 주변을 지나가던 남자들이 정신없이 그녀를 바라봤다.

두근.

진현은 알 수 없는 두근거림을 느끼며 시선을 돌렸다.

"너… 어디 가냐?"

"응?"

"소개팅?"

그 말에 환한 그녀의 웃음이 사라졌다.

진현은 갑자기 변한 혜미의 얼굴에 당황했다.

내가 뭐 잘못 말했나?

"왜 그러냐?"

혜미는 서운함이 가득한 목소리로 말했다.

"잊어버리고 있었어?"

"응?"

"우리 오늘 놀러 가기로 했잖아."

"……!!"

진현은 머리를 망치로 맞은 듯했다.

"오늘이… 며칠이지?"

"5월 27일."

"…무슨 요일이지?"

"목요일."

진현은 자신의 멍청함을 한탄했다.

'이런, 약속을 겹쳐 잡았구나.'

이연희와는 5월 27일이라 약속하고, 혜미와는 넷째 주 목요일이라 약속한 것이다.

노숙자, 김성민 환자를 진료하며 정신이 없었던 탓이었다.

'어떻게 하지? 이 녀석 이전부터 나랑 놀러 가는 것을 기대했었는데.'

왜 남자친구도 아닌 자신과 놀러 가는 것을 기대하는지는 모르겠지만 말이다.

혜미는 고개를 흔들어 서운함을 떨치고 애써 웃으며 말했다.

"뭐, 바쁘니까 잊어버릴 수도 있지. 준비해. 나가자."

"……."

"왜?"

진현은 주저하다 입을 열었다.

"혜미야."

"응?"

"미안해. 오늘은 안 될 것 같다. 선약이 있어서."

"……!!"

그녀의 얼굴이 굳어졌다.

진현은 미안한 마음이 들었으나 어쩔 수 없었다.

이연희와의 약속이 훨씬 전부터 잡힌 선약이니까.

"아… 그, 그래?"

"응, 미안하다. 다음에 보자."

"…그래."

혜미의 커다란 눈에 투명한 물기가 차올랐다.

눈물이었다.

진현은 놀라 말했다.

"혜, 혜미야?"

그녀도 자신의 눈물에 당황해 급히 손가락으로 눈가를 문질렀다.

"아, 아니야. 내가 왜 이러지? 미안. 피곤해서 그런가 봐. 오늘 잘 쉬고 다음에 보자."

"자, 잠깐!"

하지만 그녀는 급히 몸을 돌려 사라졌다.

진현은 손을 뻗은 채 굳었다.

"저 녀석 왜 저러지?"

그는 한숨을 내쉬었다.

"다음에 맛있는 거라도 사줘야겠다."

그런데 혜미의 뒷모습을 떠올리자 진현은 가슴에 이상한 감정을 느꼈다.

욱씬.

그것은 아릿함이었다.

왜 이런 감정이 느껴지는지 진현은 알지 못했다.

*　　*　　*

기분이 찝찝한 진현은 약속장소에 빨리 도착했다.

'너무 빨리 왔나?'

약속시간까지 아직 1시간이나 남았다.

'가로수길은 진짜 오랜만이구나.'

회귀 후 한 번도 오지 않았으니 10년이 넘었다.

'여전히 사람은 많네.'

압구정의 상권을 밀어내고 강남 최고의 번화가로 떠오른 가로수길은 어마어마한 사람들로 벅적댔다.

원래 호젓하고 아기자기한 분위기로 뜬 번화가인데, 그런 모습은 찾아볼 수 없었다.

'이런데 건물 하나 있으면 좋겠구나.'

건물임대업자, 그의 궁극적 목표였다.

이런 번화가에 건물을 사서 세를 받으면 얼마나 좋을까?

'내 돈으론 무리겠지?'

진현은 피식 웃었다.

예과 때부터 악착같이 모아 투자한 그의 재산은 어느덧 20억에 가깝게 불었다.

원래 15억을 예상했었는데, TC80의 성공으로 마인바이오의 주가가 예상보다 더 뛴 탓이다.

TC80을 진행하며 산 아파트도 점점 오르고 있다.

대일 그룹의 주식도 예상보다 더 올랐다.

아직 3—4년은 더 오를 거라 감안하면 돈이 어디까지 불지 모르겠다.

'20억… 진짜 많이 모았구나. 대일 그룹의 주식이 3—4년 뒤, 피크(Peak)까지 오르면 25억… 어쩌면 30억까지도 가능할지도.'

그의 나이가 고작 이십 대 중후반인 것을 생각하면 정말 큰 돈이었다.

아니, 나이를 떠나 웬만큼 평범한 사람들은 평생을 노력해도 만지기 어려운 액수였다.

'부자들에겐 큰돈이 아니란 것이 함정이지.'

일반 사람들은 평생을 가도 못 모으지만 이 액수를 껌 값으로 취급하는 사람도 많았다.

부익부 빈익빈의 간극이었다.

있는 사람은 더 가지고, 없는 사람은 몸을 누일 집 한 채 마련할 수 없다.

'이런 번화가는 세가 얼마나 할까?'

호기심에 진현은 부동산에 들어갔다.

그리고 세를 확인 후 눈이 튀어나오게 놀랐다.

"아니, 저 조그만 곳이 월 1,000만 원이 넘는단 말입니까?"

"저 정도면 싼 편이야. 건물 가격이 150억이 넘는데. 더 비싼 데도 많아."

진현은 혀를 찼다.

테이블 몇 개 들어가지도 않을 코딱지만 한 샌드위치 가게인데, 월세가 1,000만 원이 넘는다고?

이건 뭐, 열심히 일해 집주인에게 갖다 바치는 꼴 아닌가?

'대한민국 하늘 아래, 건물주와 세입자라는 새로운 계급이 있다더니.'

웃지 못할 우스갯소리다.

능력과 노력만으론 아무리 해도 가진 자를 따라갈 수 없다.

그게 대한민국의 현실이다.

'이러니 다들 건물임대업자가 꿈이지. 뭐, 됐어.'

현실이 이런데 어쩌겠는가?

바꿀 능력도 없었고, 부정할 생각도 없었다.

'나도 되고 만다, 건물주.'

진현은 다시금 꿈을 불태웠다.

그러기 위해선 꼭 피부과에 합격해야 했다.

'내일 피부과에 인사 가기로 약속이 되어 있으니.'

그런데 그때였다.

등 뒤에서 부드러운 목소리가 들렸다.

"오래 기다리셨어요?"

진현은 시선을 돌렸다.

그리고 그곳에는 단아하게 웃고 있는 이연희가 있었다.

"보고 싶었어요. 잘 지내셨어요?"

환한 인사였다.

* * *

한편 그때, 대일병원 내과 회의실.

여러 내과 의사가 모여 컨퍼런스를 진행하고 있었다.

그런데 평소 부드러운 내과의 분위기와 달리 컨퍼런스의 공기는 어둡기 그지없었다.

"다음 환자의 사망 원인은 패혈증 쇼크 당시 정확한 포커스를 차지 못한 것으로……."

그도 그럴 것이 컨퍼런스의 주제가 최근 사망하거나 문제가 되었던 환자들의 리뷰(Review, 검토)였기 때문이다.

"그때는 항생제만 쓸 게 아니라 CT를 찍었어야지. 그러면

농양을 놓치지 않았을 텐데."

"죄, 죄송합니다."

"나한테 죄송해 해서 뭐하나? 환자에게 미안해하게."

한 교수의 지적에 레지던트가 진땀을 흘렸다.

이 사망 환자 리뷰, 모탈리티(Mortality) 컨퍼런스는 의과대학의 역사만큼이나 오래된 전통이다.

이 은밀하고 무거운 컨퍼런스를 통해 의사들은 자신들의 잘못을 되돌아본다.

모형이 아닌 환자에게 행해지는 치료이기에 실수나 잘못된 판단이 없어야겠지만, 의사가 사람인 이상 완벽할 수 없다.

그렇다면 중요한 건, 과오를 반복하지 않는 것이다.

"다음 환자는……."

몇몇 환자의 증례가 추가로 검토되었다.

최선을 다했으나 결과가 안 좋았던 경우도 있었고, 피할 수 있는 실수도 있었다.

참석한 교수들은 모든 잘못을 꼼꼼하고 엄격하게 지적했다.

컨퍼런스 명단 중에는 이전 진현이 내과에서 진단했던 근육융해, 김시민 환자의 증례도 있었다.

"근육융해를 진단하기 어려웠을 텐데, 대단하군. 놓칠 뻔한 환자를 살렸어."

설명을 들은 교수들은 감탄했었다.

컨퍼런스의 성격상 주치의가 아닌 인턴 김진현이 한 일이란 사실은 언급되지 않았다.

"그, 그러면 마지막 환자입니다. 최근 화제가 되었던 응급실의 김O민 환자입니다."

컨퍼런스 때는 환자의 본명을 노출하지 않는 것을 원칙으로 한다.

김O민.

진현이 봤던 노숙자 환자이다.

컨퍼런스 룸에 앉아 있던 교수들은 모두 자세를 고쳐 귀를 기울였다.

이번 컨퍼런스 중 가장 요주의 환자였다.

"저 환자는 우리 내과 환자가 아니지 않았나? 그런데 왜 우리 내과 컨퍼런스에서 다루지?"

사정을 모르는 한 교수가 물었다.

위암의 대가, 최대원 교수가 답했다.

"그것 때문입니다."

"응?"

"저 환자는 알코올성 간경화, 간암 말기의 전형적인 내과 환자였습니다. 그런데 응급실에서 인턴 혼자 진료했죠. 그 사안을 논의하려고 하는 것입니다."

그리고 최대원 교수는 눈을 낮게 가라앉혔다.

발표를 맡은 레지던트는 식은땀을 흘렸다.

"환자분은 간성혼수로 처음 응급실에 방문했습니다. 그리고……."

이후 김진현이 했던 처치들을 자세히 설명했다.

바늘 하나 떨어지는 소음 없이 교수들은 설명을 경청했다.

"…이상입니다."

발표가 끝난 후 곧바로 질문이 들어왔다.

"연락(Notify, 노티)을 받았을 텐데 왜 내과로 데려오지 않았지? 왜 인턴 혼자서 모든 책임을 질 상황을 만들었지?"

"그, 그… 노숙자 환자여서 입원이 불가했고, 어차피 곧 사망하거나 퇴원할 환자였어서……."

"그래서?"

"……."

"사망하거나 퇴원을 시켜도 그건 우리 내과에서 해야지. 그걸 왜 인턴한테 맡겨놓고 모든 책임을 떠맡겨?"

최대원 교수는 차갑게 질책했다.

레지던트는 꿀 먹은 벙어리가 되었다.

응급실의 치프 오형석은 이사장실의 압력을 받았지만, 내과는 아니다.

당시 인턴에게 환자를 맡긴 건 분명 그의 잘못이었다.

"잘 들어. 문제가 생겼을 때, 책임은 윗사람이 지는 거야. 아무것도 모르는 아랫사람에게 던져놓는 게 아니라. 저런 문제 소지가 있는 환자는 인턴 혼자 진료하는 게 아닌 우리가 보는 게 맞았어."

백번 옳은 말이다.

레지던트는 고개를 숙였다.

그 모습에 가만히 상석에서 컨퍼런스를 듣던 노교수가 입을 열었다.

"너무 뭐라고 말게. 우리 내과 아이들도 힘들고 고되지 않나?"

노교수의 말에 최대원 교수는 고개를 숙였다.

"네, 과장님."

온화한 인상의 노교수는 미소를 지었다.

"그런데 저 인턴은 그냥 인턴이라고 보기는 어려울 것 같은데? 인턴이 어떻게 저렇게 깔끔하게 치료했지? 흠잡을 게 전혀 없어."

다른 교수들도 말했다.

"그러게 말입니다. 저희도 깜짝 놀랐습니다."

"저 정도면 전문의가 진료했다고 봐도 무방할 정도인데……."

"인터넷에 칭찬 기사도 나지 않았나?"

어느덧 대일병원의 유명인이 된 괴물인턴 진현에 대한 칭찬이 쏟아졌다.

학생 때 지도교수였던 최대원은 마치 팔불출처럼 아들이 칭찬받는 기분이 들었다.

그래서 교수들이 모르고 있던 사실 하나를 더 말했다.

"아까 검토했던 근육융해 환자도 사실 저희가 아니라 그 김진현 인턴 선생이 진단한 거였습니다."

"허? 그게 사실이오?"

"네, 누가 시키지도 않았는데 혼자서 보호자를 설득해 피검사를 돌려 진단했지요."

그 말에 교수들은 다시 감탄을 토했다.

"허, 저 어려운 질환을 인턴이 진단해?"

"난 놓쳤을 것 같은데."

상석에 앉아 있던 온화한 인상의 노교수가 최대원 교수에게 물었다.

"저 인턴 선생은 천상 내과 감인데. 내과를 한다고 하던가?"

최대원 교수는 일순 고민했다.

진현이 내과를 할 거라고 떠들고 다니긴 했지만 사실 그가 자신에게 내과를 한다고 이야기한 적은 없다.

그래도 말했다.

"네, 김진현 선생은 내과를 할 겁니다."

"그렇군. 좋아."

컨퍼런스가 끝나 노교수는 천천히 자리에서 일어났다.

"김진현 인턴 선생님께 조만간 나에게 인사를 하러 오라고 하게. 이런 뛰어난 인재는 무식한 수술과나 돈만 버는 피부과 같은 과 말고 우리 내과를 해야지."

온화한 얼굴의 노교수가 말했다.

정영태.

대일병원 전체 내과의 전(前) 과장이자 현(現) 대한내과협회의 회장인 그는 모든 과 중에서 내과가 가장 뛰어나다고 믿는 대원로(大元老)였다.

그리고 그 순간, 대일병원 다른 곳에서도 진현에 대한 비슷한 이야기가 나오고 있었다.

외과였다.

간이식 분야의 최고 대가, 강민철 교수가 드디어 의식을 회복한 것이다.

*　　*　　*

대일병원 심장 중환자실, 간이식 분야 국내 최고의 대가, 강민철 교수가 힘겹게 눈을 떴다.

"교수님, 괜찮으십니까?"

마침 옆에서 자리를 지키고 있던 주니어 교수, 유영수가 벌떡 자리에서 일어났다.

"아, 아… 괜찮네."

강민철은 고개를 저었다.

진현이 마지막에 봤을 때에 비해 그의 얼굴은 반쪽으로 줄어 있었다.

"내가 얼마나 중환자실에서 치료받은 거지?"

"벌써 한 달이 넘어갑니다. 심장 자체는 금방 좋아지셨는데 의식 회복이 더뎌서… 많이 걱정했었습니다, 교수님."

"심장? 아… 그때 수술 중에……."

강민철은 의식을 잃기 전, 마지막 순간을 떠올렸다.

가슴을 움켜쥐고 쓰러졌었는데…….

"심근경색이었나?"

"네, 중간에 심장마비까지 오셨습니다."

"하, 믿을 수 없군. 그런데 심근경색에 심장마비까지 왔는데 생각보다 몸이 괜찮은 것 같군."

강민철은 자신의 몸을 둘러보았다.

이전보다 훨씬 수척하긴 하지만 이렇게 움직일 수 있는 게 어디인가?

심근경색에 심장마비면 죽거나, 혹은 살아도 식물인간이 되는 경우가 많다.

더구나 심장 부전의 증상인 몸이 붓거나 숨이 차는 증상이 나타나지도 않았다.

유영수 교수가 설명했다.

"김진현 인턴 선생 덕입니다."

"김진현?"

강민철이 굉장히 아끼던, 제자로 삼을 생각까지 하고 있는 인턴이다.

그런데 그 아이가 무슨?

"그 인턴 선생이 교수님의 쓰러질 당시의 상황만 보고 심근경색을 곧바로 추측했습니다. 당시 상황이 굉장히 급했는데 그 인턴 선생 덕분에 빠르게 치료에 들어갈 수 있었습니다. 치료에 들어가던 중, 심장마비가 일어났는데 5분이라도 지체됐으면……."

유영수 교수는 말끝을 흐렸다.

만약 김진현의 추측이 없어 10분… 아니, 5분이라도 처치가 늦어졌으면 강민철 교수는 죽었을 것이다.

살아도 식물인간이 됐거나.

강민철 교수는 신음을 흘렸다.

'김진현… 그 아이가 내 생명을 구했군. 이 보답을 어떻게 한다?'

간발의 차이로 목숨을 구했단 아찔한 안도감과 김진현에 대한 감사가 가슴에 차올랐다.

'꼭… 꼭 외과를 시켜야겠어.'

외골수인 그에게 최고는 무조건 외과였다.

김진현, 그 아이도 수술을 좋아하니 외과를 시키면 좋아할 것이다.

환자와 수술만 생각하는 강민철이기에 가능한 발상이었다.

"그런데… 내가 수술하던 환자는 어떻게 되었는가?"

누가 강민철 아니랄까 봐, 그는 환자의 안위를 물었다.

유영수는 명쾌히 답했다.

"아, 특별한 문제없이 수술 잘 마쳤고 벌써 퇴원했습니다."

"그래, 고맙네. 혈관까지 다 이어야 했을 텐데 자네가 고생했군."

그런데 유영수는 그 말에 고개를 갸웃했다.

이게 무슨 말이지? 혈관은…….

"혈관 문합(Vascular anastomosis)은 교수님께서 하시지 않으셨습니까?"

"응? 그게 무슨 말인가? 내가 어떻게 혈관 문합을 해? 쓰러졌는데."

"…혈관 문합을 마치고 쓰러지셨던 것 아닙니까?"

"아니야, 혈관 문합하기 전에 쓰러졌어."

"하, 하지만… 제가 갔었을 때는 이미 혈관 연결이 끝난 상태였는데……."

"……."

둘은 입을 다물고 서로를 바라봤다.

이게 어떻게 된 일이지?

* * *

'왜 이렇게 귀가 가렵지?'

진현은 자신을 향해 일어나는 끔찍한 일들은 상상하지도 못한 채 가로수길을 걸었다.

"식사 뭐할까요? 김진현 선생님은 뭐 좋아하세요?"

좁은 길에 사람이 많아서일까, 연희는 바짝 진현에게 붙어 걸었다.

하얀 팔이 스치며 옛 생각이 났다.

'예전에 이렇게 많이 걸었는데.'

그녀가 워낙 좋아하는 거리라 여러 번 왔던 기억이 난다.

그때는 나름 부부라 팔짱을 끼고 걸었었는데…….

진현은 생각을 떨치며 주변을 살폈다.

'이쯤인데.'

그는 사실 소고기를 좋아하지만, 그녀는 고기를 별로 안 좋아했다.

그녀가 좋아하는 가게가…….

'아, 저기 있군.'

"저기 어떻습니까?"

진현은 카페 형식의 샌드위치 가게를 가리켰다.

연희의 얼굴이 밝아졌다.

"아, 저 여기 엄청 좋아하는데. 어떻게 아셨어요?"

"그냥……."

모를 수가 있나.

그래도 명색이 부부였는데.

진현은 머리를 긁적인 후 말했다.

"들어갑시다."

* * *

새로 거처를 마련한 삼성동의 오피스텔에서 혜미는 멍한 표정을 짓고 있었다.

"바보."

나직한 중얼거림.

"바보. 김진현, 정말 바보."

아니, 아니다.

바보는 그가 아니라 그녀였다.

"왜 이렇게 눈물이 나지, 바보같이."

혜미는 연신 눈물을 닦았다.

그녀도 왜 자신이 이렇게 눈물을 흘리는 것인지 알 수 없었다.

"별것도 아닌 일인데. 그냥 다음에 놀면 되잖아."

정말 별것도 아닌 일인데… 왜 이렇게 서운한 걸까?

그와 단둘만의 데이트를 몇 달 전부터 기대했었다.

바보같이 오늘만 기다리며 행복해했고, 그에게 조금이라도 잘 보이려 가장 예쁜 옷을 입었다.

그래서 서운한 걸까?

이런 내 마음은 모르고 아무렇지도 않게 약속을 취소해서 서운한 걸까?

사실 친구 간의 약속 따위 취소할 수도, 펑크낼 수도 있는 건데.

정말 바보같이 서운하다.

"정신 차려, 이혜미. 진현이는 날 좋아하지 않아."

혜미는 쓸쓸하게 말했다.

그래, 그래서 그런 거다.

난 그를 사랑하고, 그는 날 사랑하지 않으니까.

그러니 난 이런 사소한 약속을 바보같이 기대하고, 그는 아무렇지 않게 취소할 수 있는 거겠지.

어쩔 수 없는 일이다.

뭐라고 할 수도 없고, 서운해서도 안 된다.

그를 사랑한 건 나니까.

"괜찮아, 혜미야."

혜미는 자신을 위로했다.

"정말 괜찮아. 나한텐 사랑보다 더 중요한 게 있잖아."

그러고 그녀는 멍하니 창밖을 바라봤다.

즐비하게 널어선 테헤란로의 건물들이 삭막하게 시야에 들어왔다.

그런데 그때, 전화벨이 울렸다.

띠리리.

'혹시 진현이?'

그녀는 또 바보같이 기대했다가 실망했다.

정말 난 구제불능의 바보다.

"여보세요? 수연아?"

전화벨의 주인은 인턴 친구인 김수연이었다.

서울 소재 여대를 졸업한 그녀는 어느새 혜미의 단짝이 되었다.

—혜미야, 지금 뭐해?

"특별히… 그냥 있어."

—나 지금 가로수길인데 나올래?

"가로수길?"

—응! 할 일 없으면 술이나 먹자. 여기 다른 친구들도 있어.

혜미는 고민했다. 내키지는 않은데…….

"글쎄……."

—왜? 할 일 있어? 이 언니가 사줄게. 빨리 나와!

강한 독촉에 혜미는 결국 고개를 끄덕였다.

집에 있어도 우울하기만 할 것 같긴 하다.

"응, 알았어. 금방 갈게."

8장

바보

샌드위치 집에 들어간 진현과 연희는 샌드위치를 시켰다.

"여기 어떻게 아세요? 아는 사람만 아는 곳인데……."

"그냥……."

진현은 말끝을 흐리며 생각했다.

'아, 여전히 맛없구나. 이걸 도대체 무슨 맛으로 먹는 거지?'

폭신폭신한 치아바타 안에 바비큐 소스에 적셔진 버섯이 잔뜩 들어 있었다.

이전 삶에서 그녀와 왔을 때도 항상 생각한 것이지만 이걸 도대체 무슨 맛으로 먹는 거지?

또 가격은 빵 쪼가리, 풀, 버섯 주제에 12,000원이 넘는다.

왜 이리 비싸?

'하긴 월세가 1,000만 원이 넘으니 비싸긴 해야겠군.'

진현은 실없이 생각했다.

그래도 그의 박한 평과 다르게 가게는 벅적벅적했다.

여성 손님들과 그녀들을 꼬시기 위한 남성 손님들로.

연희도 만족해하는 듯했다.

다만 진현이 깨작거리기만 하자 걱정스레 물었다.

"입맛에 안 맞나 봐요? 별로 맛없으세요?"

"아니, 그렇지는 않습니다."

"안 좋아하시는 것 같은데… 왜 여기 오자고 하셨어요?"

"그냥 좋아할 것 같아서……."

별 생각 없이 말하던 진현은 아차 했다.

다행히 그녀는 진현의 말에 담긴 의미를 알아듣지 못했다.

대신 다른 쪽으로 이해했다.

"아, 저 생각해 준 거구나. 고마워요. 그래도 저 아무거나 다 잘 먹는데. 다음엔 우리 선생님 좋아하는 걸로 먹으러 가요."

"괜찮습니다. 지금도 먹을 만합니다."

진현은 빵을 들어 우적우적 뜯어먹었다.

그 모습이 웃긴지, 귀여운지 연희는 입을 가리며 말없이 웃었다.

진현은 등을 의자에 기댔다. 딱딱한 원목의 감촉이 느껴졌다.

'이전이랑 똑같구나.'

빵의 맛도, 음식점의 분위기도… 그리고 그를 보며 웃는 그녀의 모습도… 모두 똑같았다.

"응급실은 힘들진 않으세요?"

"지금은 괜찮습니다."

"선생님은 집은 어디세요?"

그 뒤 별다를 것 없는 이야기들이 오갔다.

일상적인 대화들.

불편할 거라 생각했던 것과는 다르게 어색함은 없었다. 아니, 걱정이 무색하게 그녀와의 대화는 편했다.

특별한 주제가 없음에도 물처럼 흘렀고, 익숙한 동반자와의 소통처럼 편안했다.

흡사 이전의 삶으로 돌아왔다고 착각이 들 정도여서 진현은 살짝 당황했다.

그녀도 그런 생각이 들었는지 빨대로 레몬에이드를 마시며 고개를 갸웃했다.

붉은 입술이 탄산수에 젖어 반짝였다.

"저… 저희 혹시 이전에 만난 적은 없죠?"

"네, 없습니다. 병원에서 처음 봅니다."

굳이 시간 관계를 따지면 미래이니 이전에 만난 적은 없다.

"그러게요. 그런데 왜 이렇게 익숙한 느낌이 들까요? 마치 이전에 오랫동안 함께했던 것처럼……."

"……!"

진현은 급히 고개를 저었다.

"착각입니다."

그녀는 잔잔하게 웃었다.

"그렇겠죠? 그런데 이상하다? 이전에 분명 만난 적이 있는데… 음… 어디지……."

그러고 손가락을 입술에 갖다 대고 고민하다 손뼉을 쳤다.

"아! 떠올랐다. 우리 만난 적 있어요."

"네? 언제……?"

"남산이요!"

"……!!"

진현은 놀랐다.

그러고 보니 있었다.

그녀와 만난 적이.

거의 4년 전, 남산타워에 갔을 때, 카페에서 알바를 하고 있는 그녀와 마주쳤었다.

하지만 워낙 오래전이고 정말 잠깐 스친 것에 불과한데 기억하다니?

"그때 선생님 맞죠?"

"아… 네."

연희는 반가운지 생글생글 웃었다.

그러다 웃음을 지우며 얼굴을 불쑥 진현에게 가져갔다.

조각을 한 듯 단아한 하얀 얼굴이 가까워지자 진현은 살짝 가슴을 두근거리며 고개를 돌렸다.

"왜 그러십니까?"

"그때 왜 그러셨어요?"

"네?"

"왜 그렇게 넋 놓고 저를 바라보셨어요?"

"……."

진현의 얼굴이 민망함에 붉어졌다. 그러고 보니 그때 그랬었지.

연희는 은근한 목소리로 물었다.

"그때 워낙 열렬히 저를 바라보기에 첫눈에 반하기라도 한 줄 알고 두근거렸는데……."

"그, 그건……."

그는 당황해 말을 더듬거렸다.

뭐라 할 말이 없다.

항상 딱딱한 진현답지 않은 모습에 연희는 풋 미소 지었다.

"장난이에요, 장난. 너무 당황하니 제가 미안하잖아요."

"……."

"하여튼 4년 만에 뜻하지 않게 재회해 반가워요. 그런데 남산에서 정말 반했던 것은 아니죠? 저 그때 나름 두근거렸었거든요."

계속 장난이다.

진현은 퉁명스럽게 답했다.

"아니었습니다."

"아쉽네요."

그녀는 웃으며 말했다.

"그런데 어쩌죠? 곤란하네요."

"뭐가 말입니까?"

"지난번 병동에서 도와준 일로 고마워서 저녁을 대접하려 한 건데, 진현 씨가 워낙 맛없게 먹어서 이걸로는 제 마음이 안 차는데요?"

"아… 괜찮습니다."

진현은 손을 저었으나 연희는 고개를 저었다.

그녀는 자리에서 일어난 후, 진현의 손을 잡으며 끌었다.

"따라오세요. 제가 2차 사드릴 테니. 이렇게 만난 것도 인연인데 가볍게 술이나 한잔해요."

*　　*　　*

"혜미야, 이쪽이야!"

가로수길 구석에 위치한 퓨전 주점에 들어오니 누군가 혜미를 불렀다.

인턴 친구 김수연이었다.

그 외에 진현의 친구인 황문진과 다른 남자 인턴 동기도 있었다.

인턴 동기들끼리 조촐히 회식자리를 마련한 모양이다.

"이리 와서 앉아. 밥 먹었어? 여기 음식들 맛있는데 뭐 먹을래?"

"소주."

"응?"

"밥은 됐고 그냥 소주."

"어, 어……."

이슬밖에 안 먹을 것같이 청초한 얼굴로 소주를 달라는 말에 김수연은 당황했다.

그러거나 말거나 혜미는 주점을 둘러보았다. 기분이 우울했다.

'분위기는 좋네.'

목조로 인테리어한 술집이었는데 은은하고 세련됐다.

각 테이블마다 담장처럼 두른 나무가 은밀한 공간을 허락했다.

연인들이 좋아할 분위기고, 실제로 손님들 중 남녀 커플이 꽤 많았다.

'진현이랑 이런 곳에 오고 싶었는데.'

혜미는 고개를 저었다.

됐어. 사귀다 헤어진 것도 아니고 고작 약속 하나 거절당한 것 가지고 그만 청승 떨자.

"아, 안녕, 혜미야."

황문진이 어색한 말투로 말했다.

무슨 이유에서인지 얼굴이 살짝 붉어졌다.

"응, 안녕. 잘 지내니?"

"으, 응. 너는?"

"나는 그냥그냥. 우리 술 먹자."

"어, 어."

가득 소주를 따른 혜미는 한번에 잔을 들이켰다.

가녀린 공주 같은 외모로 소주를 마시는 모습에 인턴 동기들은 당황했다.

그녀의 친구, 김수연이 물었다.

"혜미야, 너 무슨 일 있어?"

"어? 아니, 없어. 왜?"

"그냥 기분이 안 좋아 보여서."

"아니, 특별한 일은 없어. 우리 술이나 먹자."

특별한 일은 없다.

그냥 그녀가 바보 같은 것일 뿐이지.

그렇게 그들은 술을 마셨다.

인턴 생활을 하며 고생한 이야기를 나누다 보니 분위기는 금세 달아올랐다.

시간이 조금씩 지나자 주점엔 사람이 가득 찼고, 분위기도 시끌벅적해졌다.

황문진 옆에 앉아 있는 남자 동기가 친절한 말투로 말했다.

얘 이름이 뭐였더라?

"혜미야, 이렇게 봐서 반갑다. 응급실 힘들지?"

"아니, 많이 익숙해졌어. 이제 환자 보는 것도 할 만하고."

"다음엔 뭐야? 내가 뭐 도와줄까? 힘든 것 있으면 언제든 연락해."

이름 모를 남자 동기가 가슴을 치며 이야기했다.

그도 그렇고, 황문진도 그렇고, 예쁘게 생긴 혜미에게 어떻게든 잘 보이고 싶어서 난리인 눈치였다.

이전부터 그랬다.

벌이 꽃에 꼬이듯 그녀에게는 항상 많은 남자가 접근했다.

그런데 그러면 뭐하나?

가장 중요한 사람은 그녀에게 관심도 없는데.

그녀가 한숨을 내쉴 때, 황문진이 의아한 목소리로 말했다.

"어, 김진현이네?"

놀라 황문진의 시선을 따라간 그녀는 얼음처럼 굳었다.

"……!!"

김진현, 그였다.

그가 단아한 인상의 미인과 함께 주점에 들어왔다.

*　*　*

"여기 어때요? 분위기 괜찮지 않아요? 음식도 맛있어요."

"네, 괜찮습니다."

진현은 고개를 끄덕였다.

솔직히 그의 취향은 길거리 포장마차였지만 이곳도 나쁘지 않았다.

이전 삶에서 몇 번 왔던 곳이어서 아릿한 향수가 느껴졌기 때문이다. 물론 그때도 이연희와 함께였었다.

'나쁘진 않군.'

십 년이 넘는 시간이 지나 방문한 추억의 장소는 그의 마음을 노곤하게 만들었다.

"아, 저기 창가 자리 비어 있네? 우리 저기 가서 앉아요."

그녀는 조금 신난 표정이다.

그 모습을 보니 예전 생각이 나며 진현은 씁쓸한 마음이 들었다.

'내가 좀 더 신경 써줬으면 그때 이혼할 일은 없었을 텐데.'

이전에도 그녀는 그와의 외출을 즐겼었다. 아니, 그와 같이 있는 것 자체를 행복해했었다.

그런 그녀를 바쁘다는 핑계로 외면한 건 바로 그였다.

'외과를 하면서 바쁘긴 정말 바빴지. 집에 돌아갈 수가 없었으니까. 돌아가려고만 하면 응급 수술이 터지고.'

아니, 아니다. 그건 전부 핑계다.

그냥 그가 그녀를 신경 못 써줬을 뿐이다.

진현은 그제야 깨달았다.

왜 자신이 연희를 만나기 싫었는지, 왜 피하고 싶었는지.

이 감정을 마주하고 싶지 않았던 것이다. 미안함과 씁쓸함을 직시하고 싶지 않았다.

"우리 뭐 먹을래요? 아까 제대로 못 드셨으니 맛있는 것 시켜요. 제가 살게요."

진현은 메뉴판을 보지도 않고 시켰다.

"치즈 베이컨 감자전에 필스너(Pilsner) 생맥주."

연희의 눈이 커졌다.

"어머? 저 이거 제일 좋아하는 조합인데. 어떻게 아셨어요?"

"저도 좋아합니다."

진현은 희미하게 웃었다.

오늘 하루 정도… 그래, 오늘 딱 하루.

이전 삶의 미안함을 풀어도 나쁘지 않으리라.

한편 그 모습을 저 멀리 다른 테이블에서 지켜보고 있던 혜미의 가슴이 떨렸다.

"진현이를 또 여기서 보네. 가서 인사라도 해야겠다. 진… 읍!"

진현과 가장 친한 친구인 황문진이 큰 소리로 그를 부르려는 순간, 혜미가 급히 입을 틀어막았다.

황문진의 눈이 놀람으로 커졌다.

"그, 그냥 아는 척하지 말자. 뭔가 중요한 만남 같은데."

그녀는 희미하게 떨리는 목소리로 말했다.

황문진은 급히 고개를 끄덕였다.

이름 모를 남자 동기가 의문을 표했다.

그도 병원 제일 유명 인턴인 김진현을 알고 있었다.

"그런데 김진현, 쟤가 여기는 웬일이지? 저 여자는 누구고? 소개팅하나?"

황문진이 말을 받았다.

"아, 나 저 여자 누군지 알아."

"누구?"

"외과 병동의 간호사야. 수술과에서 되게 유명한 간호사야."

"아, 그러고 보니 나도 얼핏 본 적 있는 것 같다. 작년에 병원에서 이벤트로 개최한 미스 대일 선발대회 우승자 아니었나? 우리 병원에서 제일 예쁜 간호사 중 하나잖아. 그치? 예쁘긴 진짜 예쁘네."

그 말이 혜미의 가슴을 찔렀다.

그녀가 보기에도 진현 앞에 앉아 있는 여자는 아름다웠다.

신이 직접 다듬은 조각이 저럴까?

혜미가 꽃처럼 청초하고 화사하게 피어오르는 아름다움이

면, 저 여자는 그녀에게 없는 차분한 단아함이 있었다.
종류가 다른, 우열을 가리기 어려운 아름다움이었다.
황문진이 말했다.
"그런데 왜 진현이랑 같이 있는 거지?"
남자 동기가 답했다.
"뻔하지, 뭐. 남자 의사랑 간호사랑 밖에서 따로 만날 일이 뭐가 있냐? 얌전한 고양이가 부뚜막에 먼저 올라간다고. 김진현 그렇게 안 봤는데 능력 있네. 그것도 병원 제일의 미녀 간호사랑."
친구, 김수연이 혜미의 눈치를 보며 주의를 줬다.
"얘, 무슨 말이 그래. 그냥 친구로 만날 수도 있지. 남녀가 꼭 마음이 있어야 만나나."
진현에게 마음이 있는 혜미를 생각한 말이었다.
하지만 혜미는 바보가 아니었다.
한창 나이의 남자 의사와 여자 간호사가 사심 없이 밖에서 만날 일은 거의 없었다. 아니, 없는 것은 아니지만 저 둘의 분위기가 심상치 않았다.
꼬리를 치듯 눈웃음치는 여자는 둘째치고 진현의 얼굴.
'진현…….'
혜미는 진현의 저런 표정은 처음 봤다.
항상 무뚝뚝하던 그가 저런 편안한 얼굴과 미소라니.
저럿.

다른 여자를 향한 진현의 미소를 본 순간, 그녀의 가슴이 찢어졌다.

“혜미야?”

김수연이 혜미를 걱정스레 불렀다.

혜미는 억지로 미소 지었다.

“아니야. 우리 그냥 술이나 먹자. 괜히 방해하지 말고.”

다행히 거리가 멀고 손님이 많아 진현 자리에서 그들은 잘 보이지 않았다. 다른 테이블의 소란 때문에 소리도 안 들렸다.

정말… 정말 다행이었다.

지금 진현이의 얼굴을 마주하면 눈물을 흘릴 것 같았으니까.

‘됐어. 어차피 나같이 나쁜 여자한테.’

그녀는 그렇게 생각했으나 가슴이 아팠다.

어쩔 수 없었다.

그를 사랑하니까.

* * *

최근에 응급실 근무로 피로했던 탓일까?

아니면 진현이 다른 여자와 있는 것을 본 탓일까?

얼마 마시지도 않았는데 혜미는 평소보다 취기가 일찍 올라왔다.

“나… 화장실 갔다 올게.”

“아, 같이 갈까?”

김수연이 물었다.

“아니, 금방 갔다 올게. 우리 이제 슬슬 일어나자.”

“그래, 딴 데 가자. 2차 갈까?”

아직 시간이 일렀다.

9시 30분? 숙소로 들어가기 아쉬운 시간이었다.

혜미는 살짝 웃었다.

“그래, 나가서 다른 데로 가자.”

이곳만 아니면 상관없으니까.

혜미는 깔끔하게 단장된 화장실로 가서 멍하니 거울을 바라봤다.

‘정신 차려, 이혜미. 뭘 그렇게 신경 쓰는 거야? 어차피 진현이와 나는 아무런 관계도 아니야. 그러니 그가 다른 여자와 사귀든 무얼 하든 상관없어.’

그렇게 마음을 다잡았다.

다음에 진현을 만나도 아무렇지 않게 웃어야지.

웃는 건 제일 잘하는 거니까.

그렇게 생각한 그녀는 거울을 보고 미소를 지었다. 나쁘지 않다.

그리고 그녀는 화장실을 나왔다.

하지만 왜 항상 이런 일은 꼬이는 걸까?

화장실의 문을 연 순간, 그녀는 지금 가장 만나기 싫은 남자와 마주했다.

"……!"

진현이었다.

그도 뜻밖에 자신을 만나 놀랐는지 눈을 크게 떴다.

"혜미야? 여긴 어떻게?"

혜미는 연습한 대로 웃었다. 괜찮다.

"안녕, 그냥 술 마시러……."

그런데 자연스럽지 않았나 보다.

진현이 당황해 자신을 불렀다.

"혜, 혜미야?"

그녀도 자신이 무엇을 실수했는지 깨달았다.

뚝. 뚝.

바보같이 그의 얼굴을 본 순간, 눈물이 흘러내렸던 것이다.

"아……."

"혜미야? 왜 그래?"

"아, 아니야. 미안."

그녀는 급히 눈물을 닦았다.

하지만 닦으면 닦을수록 눈물이 더욱 흘러나왔다. 정말 바보 같은 일이다.

"혜미야… 무슨 일이야? 안 좋은 일이라도 있어?"

진현은 영문도 모르고 놀라 혜미에게 다가와 그녀의 팔을 잡았다.

탁!

하지만 혜미는 자신도 모르게 그의 팔을 뿌리쳤다.

평소답지 않은 그 모습에 진현도 놀라고, 혜미 자신도 놀랐다.

"아, 아… 미, 미안. 나… 안 좋은 일이 있어서… 그, 그만 가볼게. 좋은 시간 보내."

그리고 그녀는 그를 외면하고 사라졌다.

"혜미야!"

진현은 그녀를 불렀으나 혜미는 돌아보지 않았다.

그녀는 아예 밖으로 나가 사라졌다.

"혜미야!"

* * *

그는 건물 밖으로 따라 나갔으나 어디로 갔는지 그녀는 보이지 않았다.

급히 주변을 둘러봐도 마찬가지로 진현은 숨을 몰아쉬며 중얼거렸다.

"왜 그러는 거지? 무슨 일이 있나?"

항상 밝은 그녀가 눈물을 흘리다니.

진현은 고개를 갸웃했다.

진현은 자리로 돌아왔다.

연희가 술기운에 살짝 붉어진 얼굴로 물었다.

"무슨 일 있으세요?"

"아니… 아닙니다."

그리고 그렇게 답하는 순간이었다.

욱신!

진현의 가슴이 저릿하게 아팠다.

'왜 이러지?'

혜미의 눈물이 떠오르며 갑자기 기분이 가라앉았다.

그 뒤로도 연희와 술을 몇 잔 더 마셨지만, 가라앉은 기분은 나아지지 않았다.

* * *

[어제 즐거웠어요. 다음에 또 봬요, 쫑쫑!]

다음 날 응급실에 출근해 일을 하는데 이연희가 쪽지를 보냈다.

답장을 보내려는데 진현은 혜미와 마주쳤다.

"아, 진현아. 안녕."

혜미가 평소처럼 웃으며 인사했다.

그 미소를 보자 진현은 자신도 모르게 욱신 가슴이 아팠다.

'왜 이러지?'

혜미가 사과했다.

"어제 놀랬지? 미안. 안 좋은 일이 있었는데, 술에 취해 눈물이 났나 봐. 놀라게 해서 미안해."

"…아니다. 무슨 일인지 모르지만 힘내라."

"응, 고마워. 힘낼게. 오늘 하루도 파이팅."

그러고 그녀는 진료대에 대기하고 있는 환자를 보러 갔다.

진현은 고개를 갸웃했다.

평소와 다름없는 대화인데… 이상하게 자신과 그녀 사이에 벽이 놓인 느낌이다.

'그냥 느낌이겠지?'

하지만 진현은 깊게 생각하지 못했다. 조금 후 중요한 일정이 있기 때문이다.

'아직 시간이 좀 남았지? 긴장하지 말자.'

그는 평소답지 않게 긴장해 숨을 크게 내쉬었다.

그럴 수밖에 없었다. 그만큼 중요한 일정이니까.

피부과 인사.

오늘은 피부과 과장께 인사를 드리러 가기로 예정된 날이었다.

9장

험난한(?) 피부과

약속된 시간에 가니 먼저 피부과 치프 이승태가 진현을 맞았다.

"네가 김진현이구나. 이야기는 많이 들었다."

"네, 선배님."

잘빠진 인상의 미남, 피부과 치프 이승태는 한국대 의대 선배였다.

"네가 한국대 수석졸업이라고?"

"네."

"왜 한국대 병원에서 피부과 안 하고?"

"그게… 좀 안 좋은 일이 있어서 그랬습니다. 그리고 국내 최고라는 대일병원에서 피부과를 하고 싶었습니다."

굳이 학창 시절, 돼지 김강민과 연관된 이전 일을 자세히 설명하진 않았다.

치프 이승태는 고개를 끄덕였다.

"그래, 나도 한국대 병원에서 피부과를 못해서 여기 대일병원으로 왔지. 하여튼 반갑다. 병원 내 평판도 좋고, 한국대 수석이니 너 정도면 피부과에 합격하는 데 큰 문제 없을 거야."

그는 진현 같은 인재가 피부과를 하기에 아깝다느니 그런 쓸데없는 이야기는 하지 않았다.

당장 이승태만 해도 한국대 4등 졸업이었다.

당시 같이 졸업한 동기들 중 1, 2등이 모두 한국대 병원 피부과에 지원해 대일병원으로 온 것이다.

의대에서 가장 뛰어난 인재들이 피부과, 성형외과 등 편하고 돈 잘 버는 과로 몰리는 일은 흔하다 못해 상식적인 일이었다.

씁쓸하지만 그것이 현실이었다.

"노크하고 들어가 봐. 과장님 좋으신 분이니 너무 긴장하지 말고."

"네, 감사합니다."

피부과 과장 민석형.

진현은 교수실 앞에 써진 명패 앞에서 크게 숨을 들이마신 후, 노크를 했다.

"네, 들어오세요."

끼이익.

진현은 조심히 문을 열고 들어갔다.

널찍한 방 안에 신사적 외모의 중년 남자가 앉아 있었다.

피부과 과장 민석형이었다.

"김진현 인턴 선생님인가요?"

"네, 교수님. 피부과에 지원하고자 인사드리러 왔습니다."

진현은 깍듯이 고개를 숙였다.

그 과에 지원하기 전 이렇게 인사를 하는 것은 모든 병원의 전통이었다.

민석형은 고개를 끄덕였다.

"네, 반가워요. 김진현 선생님의 이야기는 그렇지 않아도 많이 들었어요. 한국대 수석 졸업에, 대일병원 내에서도 평판이 아주 좋던데."

"감사합니다."

민석형은 부드럽게 미소 지었다.

"최대원 교수한테도 이야기 많이 들었어요. 내가 한국대 졸업생인데 학창시절 최대원 교수의 동아리 선배였거든. 그런데 내과 지원 아니었나? 최 교수는 그렇게 이야기하던데."

진현은 곤란한 표정을 지었다.

최 교수님 정말…….

"아닙니다. 저는 학창시절부터 피부과만 지망했습니다."

"그렇군요. 김진현 선생님은 몇 기 졸업인가요?"

"57기입니다."

"내가 35기이니, 딱 22년 선배이군. 반가워요."

민석형 교수는 김이 모락모락 오르는 커피를 한 모금 마셨다. 마치 영국 신사 같은 동작이었다.

"그런데 그거 알죠? 우리 피부과는 단지 한국대 수석 졸업이나 평판이 좋다고 뽑아주지 않아요."

"네, 알고 있습니다."

피부과 과장 민석형은 다른 과처럼 진현에게 호들갑을 떨지 않았다.

"더구나 이번 년도에 저희 피부과 전공의(專攻醫) TO는 한 명이에요. 모든 지원자에게 공평한 기회를 주기 위해 우리는 각 항목의 총점을 계산해 가장 높은 점수를 획득한 선생님을 뽑을 거예요."

각 항목이란 출신학교, 학교성적, 면접, 인턴 인사 평가, 마지막 지원 시험 성적을 뜻한다.

피부과에 지원하는 다른 이들의 면면이 만만할 리 없고, 그 중에 1등을 해야 하니 바늘구멍과도 같은 길이었으나 진현은 흔들리지 않았다.

'괜찮아. 다 이길 수 있어.'

그는 최고 명문 한국대 출신, 그것도 학교 성적 1등이고 인던 인사 평가도 압도적이다.

마지막 지원 시험도 실제 환자 진료와 연관된 임상을 위주로 문제가 출제되니 깊은 경험이 있는 그가 못 볼 리가 없다.

공정하게만 경쟁한다면 그는 누구에게도 이길 자신이 있었다. 아니, 자신을 떠나서 무조건 이길 것이다.

"알겠습니다. 그러면 수고해 주시고, 좋은 결과를 빌겠습니다."

"네, 감사합니다."

인사를 마친 진현은 교수실을 나갔다. 나쁘지 않은 인사였다.

한편 진현이 나가자 피부과 과장 민석형은 인상을 찌푸렸다.

"김진현이라… 곤란하군."

예년이었으면 고민 없이 선발할 인재였다.

하지만 이번 년도엔 달랐다.

민석형은 인트라넷에 접속해 메일을 열었다.

내용이 구구절절 길었지만, 결론은 하나였다.

[김진현 인턴 선생님을 가급적 피부과에서 불합격시키기 바랍니다.]

병원 내 핵심실력자 기획실장 송병수가 보낸 권고였다.

"왜 기획실장이 이런 메일을 보낸 거지?"

이유를 알 수가 없었다.

그리고 기획실장의 권고가 아니라도 김진현을 뽑기 어려운 이유가 또 있었다.

"곤란하군. 곤란해."

민석형은 고개를 저었다.

*　　*　　*

대일병원 이사장실.

짜악!!!

찢어지는 소리와 함께, 민 비서는 눈을 질끈 감았다.

"한심한 놈."

들끓는 이종근의 목소리가 들렸다.

흐릿하게 눈을 뜨니 이사장 이종근의 아들인 이상민이 뺨을 얻어맞은 채 고개를 돌리고 있었다.

"내가 지난번 가문 모임에 갔을 때 무슨 이야기를 들었는지 알아? 이 못난 놈아?!"

이종근의 얼굴엔 평소 짓던 온화한 미소는 온데간데없었다.

"역시 천한 피는 어쩔 수 없다 하더라. 이 거지 같은 놈아, 가문의 모든 사람이 너를 지켜보고 있어. 조금의 틈이라도 보이면 헐뜯고 끌어내리려고!!"

사실 이상민이 못하고 있는 것은 없었다. 오히려 누구보다 훌륭했다.

단 한 명, 김진현을 제외하면.

그러나 그런 것은 중요한 것이 아니었다.

가문의 사람들에게는 이상민이 천한 창녀의 핏줄을 타고 났다는 것만이 중요했다.

적통인 이범수가 같은 상황이었다면 아무도 손톱을 내밀지 않았을 것이다.

그러나 가문의 주인이자, 이종근의 아버지, 대일그룹의 전체 회장 이해중은 천한 핏줄을 싫어했다.

이미 오래전, 이종근은 이상민을 낳았다는 사실만으로도 크게 눈 밖에 난 상황이었다.

따라서 가문의 다른 형제들은 조금의 흠이라도 보이면 이상민을 하이에나처럼 찢을 것이고, 병원의 후계를 자신들의 사람으로 세운 후 궁극적으로 대일병원의 경영권을 빼어갈 것이다.

'그것만은 안 돼. 이 병원은 오로지 내 것이야. 절대로!'

이종근은 이를 갈았다.

가문 내 모든 경쟁에서 밀리고, 단 하나 대일병원만을 차지했다.

그런데 그것마저 뺏길 수는 없었다.

"무슨 수를 써도 상관없어. 무조건 김진현을 밀어내라. 겨우 그것마저 못하면 넌 우리 가문의 일원이 될 자격이 없어."

이종근은 내뱉듯 말을 맺었다.

"알아들었으면 그렇게 멍청히 서 있지 말고 나가봐!"

이상민은 말없이 이사장실에서 나갔다.

그가 나가자 이종근은 한참을 씩씩거리다 민 비서를 바라봤다.

"민 비서."

마치 뱀의 목소리를 들은 듯 민 비서는 긴장했다.

"네, 이사장님."

"김진현, 그놈의 정체는 알아봤나?"

민 비서는 침을 꿀꺽 삼켰다.

"죄, 죄송합니다. 아무리 조사해도 특별한 점이……."

"그게 말이 돼?! 간 혈관 문합도 그 녀석이 했다는 소리가 있어. 인턴이 그걸 해내는 게 말이 되냐고! 정말 내가 화나는 것 보고 싶어? 혼을 내줄까?"

민 비서는 공포에 질려 바짝 엎드렸다.

"죄, 죄송합니다. 꼭… 꼭 조만간 만족할 만한 조사 결과를 알아오겠습니다."

"내가 정말로 화나는 것 보고 싶지 않으면 잘해!"

그 말에 민 비서는 몸을 떨었다.

그녀는 이종근이 분노하는 것이 가장 무서웠다.

한편 이사장실 밖에 나온 이상민은 창밖을 바라봤다.

도산대로를 따라 사람들이 깨알같이 지나다녔다.

그 모습이 작은 벌레들 같아 보여 그는 미소 지었다.

"김진현……."

그는 오랜 친구의 이름을 중얼거렸다.

*　　*　　*

며칠 뒤, 응급실 근무도 끝났다.

진현은 병리과로, 혜미는 신경과로 찢어졌다.

간만에 편한 스케줄에 진현은 기지개를 켰다.

'환자를 직접 안 보는 서비스 파트니 확실히 편하긴 하군.'

진료과는 대체로 3개의 분류가 있다.

내과, 외과, 산부인과처럼 환자의 생명을 다루는 '메이져' 과.

피부과, 안과, 성형외과처럼 생명과 직접적 연관이 없는 '마이너' 과.

그리고 영상의학과, 병리과, 진단검사의학과처럼 환자를 안 보는 '서비스' 파트.

물론 서비스 파트라도 업무가 만만한 것은 절대 아니지만 진현 같은 인턴의 일은 확실히 적었다.

평화로운 여유에 진현은 혜미에게 쪽지를 보냈다.

[이번 주에 시간 날 때 볼래?]

지난번 펑크 냈던 것도 미안하고, 요즘 왠지 그녀가 침울해 보여 진현은 맛있는 거라도 사줄 생각이었다.

그런데 의외의 답장이 왔다.

[다음에 보자. 미안…….]

진현은 고개를 갸웃했다.

웬일이지?

그녀가 그의 만나자는 제안을 거절한 것은 처음이었다.

'신경과가 많이 바쁜가?'

그런데 그때, 병원 인트라넷에서 메일 알림이 울렸다.

메일함을 열어보니 메일이 2개나 와 있었다.

누가 보냈나 발신인을 살피니,

[내과 최대원 교수.]

[외과 강민철 교수.]

라고 적혀 있었다.

'왜 나한테 메일을?'

진현은 자신도 모르게 불길한 예감을 받았다.

최대원 교수야 그렇다 치지만, 강민철 교수의 메일은 불안하기 짝이 없었다.

'이전 혈관 문합한 것을 들킨 것은 아니겠지?'

인턴이 간이식 환자의 혈관 문합을 해내다니.

그것에 비하면 지금까지의 사고(?)는 사고 측에도 못 들었다.

두근거리는 마음으로 메일을 열어보니 내용은 둘 다 간단했다.

[한번 보자.]

각설하고, 둘 다 이런 내용이었다.

'보기 싫은데.'

진현은 진땀을 흘렸다.

만나면 무슨 이야기를 하려고?

하지만 거절할 수가 없었다.

특히 강민철 교수는 아예 오늘 오후 3시에 보자고 정확히 시간, 장소까지 명시했다.

'싫은데… 그리고 오후 3시면 1시간밖에 안 남았잖아. 내가 메일을 못 봤으면 어떻게 하려고.'

강민철다운 급한 성격이다.

진현이 혀를 차는데 전화가 울렸다.

피부과 치프인 이승태였다.

'무슨 일이지?'

"네, 선배님."

—진현아, 나 피부과 치프 이승태인데.

이승태는 후배인 진현에게 친근히 반말을 썼다.

"네, 선배님.

―지금 잠깐 볼 수 있을까? 중요하게 할 말이 있어서.

"아, 네."

진현은 시계를 봤다.

잠깐 만나는 거면 강민철 교수한테 늦지는 않겠지?

*　　*　　*

그리고 피부과 외래 앞에서 이승태를 만난 진현은 청천벽력 같은 말을 들었다.

진현은 떨리는 목소리로 반문했다.

"네, 지금… 뭐라고 말씀하셨습니까?"

"들은 대로다."

"……."

진현의 머리가 하얘졌다. 내가 지금 꿈을 꾸고 있는 것은 아니겠지.

그가 잘못한 것도 아니건만 이승태는 미안함이 가득한 목소리로 말했다.

"미안하다. 원래 병원이 더럽잖냐……."

"…그러면 피부과 말고 다른 과를 쓰라는 말씀이십니까?"

"네가 억지로 우리 과를 지원한다면… 강제로 말릴 수야 없겠지만… 아마 안 될 거다.”

“…….”

진현이 가슴이 내려앉았다.

나는 무엇을 위해 대일병원까지 왔던 것인가?

“대일병원 피부과 교수의 아들이… 이번에 대일병원 피부과를 지원한다는 게 정말입니까?

“그래, 만약 TO가 두 명이면 너도 같이 뽑아주겠지만… 이번 년도엔 TO가 한 명이라 어쩔 수가 없다.”

고귀한 자, 로열(Royal).

병원의 은어 중에 로열(Royal)이란 말이 있다.

교수의 직속 친인척이나 병원에 영향력이 있을 정도로 좋은 가문의 사람들을 뜻하는데, 피부과 핵심 교수의 아들이면 피부과 입장에선 로열 중의 로열, 그냥 성골이 아닌 왕족이라 할 수 있었다.

‘하하.’

진현은 속으로 헛웃음을 삼켰다.

병원의 절대 법칙 중 하나가 평민은 로열을 이길 수 없다는 거였다.

예외는 없었다.

그 어떤 뛰어난 평민이라도 왕족보다 밑이었다.

“그… 로열은 누구입니까?”

“신라대 의대 출신으로 인턴은 지금 신라대 병원에서 하고 있다더군. 학교 성적은 중간보다 못하고, 인턴 평판도 그저 그렇다 하지만 로열이니…….”

그 말에 진현은 맥이 빠졌다.

뛰어난 경쟁자면 모르겠다.

지금까지… 10년을 넘게 노력해 왔건만, 자신의 반도 못 미치는 경쟁자에게 밀려야 하다니.

고작 금수저를 물고 태어났단 이유로.

“다시 한 번 말하지만 미안하다. 혹시 피부과 말고 성형외과는 어떠냐? 네 스펙이면 성형외과도 무난할 것 같은데…….”

“…네, 감사합니다.”

복도에 홀로 남은 진현은 멍한 표정을 지었다.

환자용 의자에 걸터앉은 그는 손으로 얼굴을 감싸 쥐었다.

“젠장.”

정말 빌어먹을 일이었다.

그렇게 얼마나 있었을까?

전화벨이 울렸다.

김진현은 마음을 추리며 전화를 받았다.

“네, 김진현입니다.”

—오랜만이네, 김진현 선생. 어디인가?

“……!”

강민철이었다.

간이식 분야 국내 최고의 대가인 그가 진현을 불렀다.

—지금 교수실로 오게.

* * *

진현은 비어버린 고철처럼 허무한 마음으로 강민철 교수의 교수실에 도착했다.

강민철 교수가 환자복을 입은 채 그를 맞았다.

"어서 오게. 오랜만이지?"

"아, 네. 그런데… 이렇게 돌아다니셔도 괜찮은 것입니까?"

어째 빨리 퇴원했다 싶었는데, 퇴원한 게 아니었다.

강민철 교수의 팔에는 약이 주렁주렁 매달려 있었다.

"다 나았네."

"하지만……."

"이 약은 심장 보는 의사 놈들이 계속 달고 있어야 한다고 해서. 지금 당장 퇴원해도 되는데, 에잉."

진현은 고개를 저었다.

'아직 더 누워 있으셔야 할 것 같은데.'

마지막에 봤을 때 비해 얼굴이 반의 반쪽이었다.

'이전엔 완전 삼국지의 장비 같은 인상이었는데 지금은……. 음, 그래도 반의 반쪽이어도 여포 정도는 되겠구나.

마른 여포.'

마음이 허해서일까 진현은 실없이 생각했다.

"그래도 너무 무리 마십시오."

"괜찮네. 그런데 자네는 내가 부르기 전에 한 번도 안 찾아오나? 서운하게."

"죄, 죄송합니다."

지은 죄가 있어서 못 찾아간 진현은 속으로 난감한 표정을 지었다.

강민철 교수는 시원하게 웃으며 말했다.

"어쨌든 고맙네."

"네?"

"자네가 내 생명을 구했다며. 정말 고맙네. 자네 아니었으면 큰일 날 뻔했어."

빈말이 아니었다.

만약 진현이 곧바로 심근경색을 추측하지 않았다면 그는 살아도 식물인간이 되었을 거다. 그만큼 상황이 긴박했다.

"아닙니다. 저는 특별히 한 것이 없으니, 정말 신경 쓰지 마십시오."

그 대답에 강민철 교수는 미소 지었다. 보면 볼수록 마음에 드는 아이다.

"그나저나 자리를 좀 옮기지 않겠나? 계속 병실에만 있다 보니 갑갑해서 넓은 곳이 좋군."

"아, 네."

강민철 교수는 자신의 방을 나와 옆에 위치한 전망 좋은 교수용 회의실로 향했다.

교수용 회의실 앞에 있던 여비서가 고개를 숙였다.

"회의실 쓰시려고요, 교수님?"

"응."

"저… 곧 내과에서 회의실 쓸 건데……."

"내과?"

"네."

"됐어. 조금만 쓰고 나갈게."

강민철은 신경도 안 쓰고 회의실 안으로 들어갔다.

그는 코웃음 치며 중얼거렸다.

"흥, 내과 계집 놈들."

천상천하 외과 제일주의인 그는 약만 깨작거리는 내과를 무시했다.

남자라면 외과지! 란 생각이었다.

"자네에게 하나 물어볼 것이 있네."

강민철은 한강에서 이어지는 탄천의 모습을 바라보며 입을 열었고, 진현은 무척 불편한 마음이 되었다.

'무슨 질문이지? 설마…….'

그는 침을 꿀꺽 삼켰다. 아닐 거야.

그러나 불안한 마음은 항상 적중한다.

"그때 환자, 혈관 문합은 어떻게 한 건가?"

"……!"

진현은 눈을 질끈 감았다.

올 것이 왔다.

뭐라고 이야기하지?

진현은 머리가 하얗게 질려 생각했으나 어떠한 변명도 떠오르지 않았다.

아니, 애초에 변명이 가능한 사안이 아니었다.

간이식 혈관 문합을 할 줄 아는 인턴이라니.

말이 안 되도 너무 안 되지 않는가? 이건 재능의 문제가 아니었다.

'내가 왜 그런 사고를…….'

한탄이 흘러나왔다. 과거를 돌리고 싶었으나 이미 늦은 상태다.

"자네가 한 것 맞지? 어떻게 된 건가?"

강민철이 눈을 빛내며 물었다.

진현은 고개를 숙였다.

"죄송합니다. 더 드릴 말씀이 없습니다."

"흠……!"

강민철은 눈썹을 찌푸렸으나 진현은 정말로 할 말이 없었다.

진실을 말할 수도 없고, 변명이 통할 내용도 아니다.

'이젠 나도 모르겠다.'

10년 동안 바란 피부과에서도 쓴소리 들었겠다 진현은 반쯤 포기하는 마음이 되었다.

"흐음!"

숨 막힐 듯, 불편한 침묵이 흘렀다.

그렇게 약간의 시간이 지난 후, 강민철이 너털웃음을 터뜨렸다.

"됐네. 됐어."

"……?"

"내 생명을 구해준 자네인데, 뭐 아무려면 어떻겠는가? 어떻게 한 일인지는 도저히 모르겠지만 나쁜 일을 한 것도 아니고 그날 그 자리에서 나와 환자, 두 명의 목숨을 구해줬는데 추궁하듯 물어서 미안하네."

"아닙니다."

"단!"

강민철이 다시 눈을 빛냈다.

"자네 외과 할 거지?!"

"……!!"

진현은 곤란한 얼굴로 답했다.

"그건……."

"뭘 그렇게 주저하는 거지? 수술을 좋아하지 않나? 사람의 생명을 구하는 것에 보람이 느껴지지 않나?"

"……."

강민철 교수는 강한 목소리로 말했다.

"외과를 해. 그리고 내 후계자가 돼."

"……!"

진현의 눈이 흔들렸다.

지금 강민철 교수는 보통의 이야기를 하는 것이 아니었다.

진현의 미래가 송두리째 흔들릴 정도의 제안이었다.

"심근경색과 안식년 때문에 아마 올해와 내년까진 내가 쉬어야겠지만, 내년이 지난 후 돌아오면 자네를 본격적으로 키워주겠네. 그러니 외과를 해."

진현은 고민했다.

'강민철 교수님의 제자… 간이식의 계보라…….'

국내 간이식 최고의 권위자이자 대한이식협회 회장인 강민철의 제자가 된다는 것은 평범한 의미가 아니었다.

'나쁘진 않지만…….'

그 순간, 진현의 마음에 든 생각은 '싫다' 였다.

강민철 교수가 한 가지 착각하는 것이 있었다.

분명 그는 수술도 좋아하고, 환자를 살리는 것에 보람을 느낀다.

하지만 그만큼 자신의 삶을 중시했고, 안락함과 풍요로움을 바랐다.

물론 간이식 하는 의사가 되어 자리를 잡으면 경제적으로 어려움은 없겠지만 안락함과는 평생 거리가 먼 삶을 살아야 한다.

48시간 연속으로 수술하는 것은 예사고, 주말 근무는 기본, 추석 설날에도 일해야겠지.

심지어 해외에서 학회에 참여하다가 응급 간이식이 생겨 돌아와야 하는 경우도 있다.

그가 바라는 삶과는 백만 광년 정도 먼 삶이었다.

평소라면 단칼에 거절했겠지만 피부과에서 그를 밀어낸 게 마음에 걸렸다.

피부과를 안 하면 무슨 과를 하지?

강민철 교수의 말처럼 외과를? 그것도 내키지 않는데…….

"외과 할 거지?"

진현의 침묵을 승낙으로 생각했는지 강민철이 으름장을 놓듯 말했다.

"저는……."

진현이 입을 열려는 순간, 회의실 밖에서 인기척이 들렸다.

"안에 사람이 있나?"

그러면서 누군가 들어왔다. 내과의 최대원 교수였다.

"……!"

하필 이때 최대원 교수를 만난 진현은 당황스런 마음이 들었다.

최대원 교수는 진현을 보고 반가운 표정을 짓다가 옆에 강민철 교수를 보고 급히 고개를 숙였다.

"몸은 괜찮으십니까, 교수님?"

최대원도 정교수지만, 강민철에 비하면 연배와 직위 모두 밑이었다.

깍듯한 인사에 강민철은 코웃음 쳤다.

"자네는 여기 무슨 일인가?"

"아… 저희 내과 회의가 있어서."

"흥, 내과 회의?"

그런데 그때 불쾌한 목소리가 들렸다.

"오랜만이군, 강 교수. 몸은 괜찮나?"

"……!"

온화한 인상의 노교수가 안으로 들어왔다.

전(前) 내과과장이자, 현(現) 대한내과협회 회장인 정영태였다.

정영태 교수를 보고 강민철 교수는 인상을 구겼다.

겉모습만 보면 10살은 차이가 나 보이지만 강민철 교수가 정정해서 그럴 뿐, 실제로 연배 차이가 크게 나지 않는 그들은 서로 내과가 최고다, 외과가 최고다 이러면서 사이가 좋지 않았다.

"형님께선 무슨 일이십니까?"

"나도 회의에 참석하러 왔지, 이 사람아. 그런데 이 젊은 친구는 누군가?"

노교수는 진현을 바라봤다.
진현은 갑작스러운 거물들의 출현에 당황했다.
"김진현이라고 합니다. 인턴입니다."
"아, 김진현."
놀랍게도 정영태는 김진현의 이름을 기억하고 있었다.
"자네가 그 내과 한다는 친구지? 환영하네."
"……!"
강민철이 버럭 화를 냈다.
"아니, 형님. 그게 무슨 말입니까? 이 아이는 외과를 할 것입니다."
"무슨. 딱 보니 천생 내과감이구만. 어딜 무식한 외과로 끌어가려고."
"이! 무식한? 그게 무슨 말입니까? 외과가 무식하다니요?"
"뭐, 내가 틀린 말 했나?"
강민철 교수의 얼굴이 붉으락푸르락해졌다.
이 영감탱이가!
아랫사람이었으면 당장 주먹이 날아갔겠지만 이 노교수는 병원 내에서 자신보다 높은, 몇 안 되는 사람 중 하나였다.
하지만 그렇다 해도 간이식 국내 최고의 권위자이자 대한이식협회 회장인 강민철도 이런 이야기를 들을 위치는 아니긴 하다.
"하여튼 이 아이는 외과를 할 거니 그렇게 알고 넘보지 마십시오."

"무슨. 내과라니까. 그렇지 않나, 최 교수?"

고래들의 다툼에 새우가 끼듯, 최대원 교수가 말했다.

"…네, 진현 군은 내과를 할 것입니다. 아마도……."

"뭐? 어딜 소심한 내과에 이 아이를 데려가려고! 이 아이는 외과야!"

점점 난장판이 되어가는 분위기에 진현은 입을 벌렸다.

지금 나를 놓고 뭐하는 거야?

"저……."

진현은 곤란히 입을 열었다.

"넌 가만히 있어!"

"자넨 가만히 있게!"

강민철 교수와 정영태 교수가 동시에 외쳤다.

뭔가 이제 진현이 문제가 아니라 그들 사이에 자존심 대결로 돌입한 느낌이다.

'하하.'

진현은 웃음이 나왔다.

하늘같은 거물 교수님들이 나를 놓고 이렇게 싸워주니 참 영광이 아닐 수 없었다.

피부과는 로열 때문에 자신을 튕겼는데 말이다.

갑자기 마음이 안정되며 가슴이 차분해졌다.

그래, 피부과에서 튕기면 어떤가?

잠잠한 마음으로 그는 자신의 길을 결정했다.

"그만 싸우십시오. 저는 지원할 과를 결정했습니다."

그 말에 모두가 진현의 입을 바라봤다.

강민철 교수는 당연한 것을 확인한다는 듯 물었다.

"외과지?"

최대원 교수는 강민철의 눈치를 보며 조심히 물었다.

"당연히… 내과지, 진현 군?"

진현은 살짝 미소 지었다.

그리고 답했다.

"피부과입니다."

*　　　*　　　*

그 뒤로 사태가 어떻게 마무리되었는지 모르겠다.

아니, 생각하고 싶지 않았다.

단 하나, 최대원 교수가 떨리는 목소리로 물은 것은 기억났다.

"피, 피부과? 하지만 피부과 과장 민 교수님이… 이번에 자네를……."

피부과 과장 민석형 교수와 동아리 선후배였던 그는 대충의 사정을 미리 전해 들은 듯하다.

진현은 고개를 끄덕였다.

"예, 압니다. 제가 써도 떨어뜨리겠지요."

"그러면?"

"그래도 쓰겠습니다. 로열이든 뭐든 실력으로 뚫겠습니다."

"……!"

그래, 로열이든 금수저든 그게 뭐가 중요한가? 10년 동안 바랐는데.

원칙적으로는 교수의 아들이라고 무조건 붙여줄 수 있는 방법은 없었다.

선발 방식이 점수화되어 있기 때문이다.

따라서 낙하산으로 붙일 때는 로열의 면접 점수는 만점, 다른 지원자들의 면접 점수를 최하점을 준다.

그렇게 해서 총점의 합산을 1등으로 만드는 것이다.

하지만 진현은 다짐했다.

'면접을 빵점 맞아도 붙을 수 있는, 압도적 시험 점수를 받겠어.'

물론 거의 불가능한 일이다.

하지만 아예 불가능하진 않았다.

시험, 레지던트 선발 고사는 매년 100점 만점으로 환산 시 85점 정도가 각 병원의 수석을 차지한다.

평균은 65점 정도.

그 시험을 만점 가까이 맞으면 면접을 빵점 맞아도 붙을 수 있다.

로얄이든 금수저든 다 상관없다.

'할 수 있어. 무조건 해내겠어. 내 스스로 뚫고 말겠어.'

지금까지 10년 동안 이를 악물고 여기까지 올라왔다.

그 노력에 미안해서라도 포기할 수 없다.

'로얄? 금수저? 다 필요 없어. 여기까지 두 손만으로 올라왔다. 반드시 해내고 말겠어.'

진현은 굳게 생각했다.

10장

하늘의 외과의사 (1)

난장판이 된 교수 회의실을 떠나 병리과로 돌아온 진현은 서둘러 일을 마무리 짓고 지하에 위치한 숙소로 돌아갔다.

오전에 많이 해놨고 인턴이 할 자체가 별로 없는 병리과여서 오래 걸리지도 않았다.

'공부해야지.'

그냥 전국 수석이 아닌, 만점에 가까운 수석을 해야 한다.

그것도 평균 수석 점수가 85점인 시험에서.

'가능해. 아니, 가능하게 만들겠어.'

숙소로 들어가려면 인턴 휴게실을 거쳐야 하기 때문에 진현은 먼저 휴게실에 들어왔다.

한창 일할 때라서 휴게실 안에는 아무도 없었다.

단 한 명을 제외하고.

이상민이 휴게실에 앉아 있었다.

“여, 진현. 안녕.”

이상민이 빙긋 웃으며 진현을 맞았다.

진현은 인상을 찌푸렸다.

“너 뭐하냐?”

“왜?”

“뭐 마시냐고?”

“아, 이거?”

이상민은 손을 흔들었다. 캔에 담긴 맥주가 달랑 소리를 냈다.

“근무 중에 술이라니. 음주 운전보다 최악이야. 치워라.”

진현은 정색해서 말했다.

대낮 근무 중에 술을 마시다니.

지난 삶을 통틀어도 단 한 번도 본 적 없는 일이다. 아무리 말종 의사라도 이러진 않는다.

이상민은 어깨를 으쓱했다.

“뭐, 한 캔인데. 내 주량이 있는데 이 정도는 취하지도 않아. 그리고 일도 대충 다 끝났고.”

이 녀석 주량이 소주 5병이 넘으니 맥주 한 캔으로 티도 안 나겠지만 안 되는 것은 안 되는 거다.

"그래도 안 돼. 치워."
"네에, 네에."
이상민은 장난스레 답하고 캔을 버렸다.
그걸 보고 진현은 숙소로 들어가려 했다. 그런데 이상민이 그를 잡았다.
"잠깐, 진현아. 이야기 좀 하자."
"무슨 이야기?"
"앉아봐."
진현은 의아한 얼굴로 의자에 앉았다.
"무슨 이야기냐?"
"그냥… 잘 지내나 해서. 우리 친구인데 이야기한 적도 오래됐잖아."
그렇긴 한다. 외과가 끝나고 이상민과 대화한 적이 아예 없었다.
"뭐, 나야 그냥 그렇지. 넌 잘 지내냐?"
"응, 나도."
그 뒤 둘은 시시껄렁한 잡담을 했다.
하지만 진현은 이상한 느낌을 받았다.
고작 이런 이야기를 하려고 부른 게 아닌 것 같은데?
"정말 특별히 할 이야기 없어?"
이상민은 부드럽게 미소 지으며 말했다.
"진현아."

"응?"

"너 의사 왜 한다고 했지?"

진현은 피식 웃었다.

"그거 물어보려 잡은 거냐? 지난번에 말했듯이 돈 벌려고 한다."

"그래, 그렇지… 그랬었지."

이상민은 고개를 천천히 끄덕이며 음미하듯 말했다.

진현은 고개를 갸웃했다.

이 녀석 왜이래?

"왜? 내가 너처럼 돈이 많은 것도 아닌데, 돈 벌려 의사질 하는 게 당연하잖아."

"진현아."

"응?"

이상민은 짙게 미소 지었다. 그러니까 이전 애완동물들을 죽일 때만큼 짙게.

"내가 100억 주면 의사 그만할래?"

"뭐??"

진현은 자신이 잘못 들었나 반문했다.

하지만 잘못 들은 것이 아니었다.

"100억 줄게. 내가 너한테. 그러면 의사 그만할래?"

"……!"

진현의 얼굴이 굳어졌다.

"너 맥주 한 캔에 취했냐? 그만하고 들어가서 한숨 자라."

"진담인데?"

진현은 너털웃음을 터뜨렸다.

"하하… 고맙네. 100억이라니… 100억이라……."

중얼거리다 돌연 와락 이상민의 멱살을 잡았다.

"……!"

진현은 낮게 말했다.

"야, 이 새끼야. 취했으면 그냥 들어가서 자. 멀쩡한 놈 거지 만들지 말고. 네가 부자면 다야? 내가 그렇게 거지같아 보여?! 어?!"

이상민의 미소가 사라졌다.

진현은 숨을 깊게 들이쉬며 가슴을 진정시켰다.

"그래, 나 돈 좋아한다. 그래도 너 같은 새끼한테 구걸 받고 싶을 만큼 좋아하진 않아! 취한 거라 생각하고 한 번만 봐줄 테니 다음부턴 입조심해. 다음에 또 이러면 말로 끝내지 않는다."

거칠게 멱살을 놓은 진현은 꼴도 보기 싫다는 듯 숙소 안으로 사라졌다.

이상민은 그의 뒷모습을 보며 다시 미소를 지었다.

"김진현… 너는 정말……."

그런데 그때였다.

칸막이 쳐진 휴게실 반대편에서 차가운 목소리가 들렸다.

"김진현이 왜?"

혜미였다.

그녀가 딱딱히 굳은 얼굴로 반대편에서 걸어 나왔다.

방금 샤워를 했는지 머리칼이 찰랑거렸다.

"아, 이런 있었니? 언제부터?"

"처음부터."

"아아, 우연도 이런 우연이. 사랑의 힘이 대단하긴 하구나."

광대 같은 말투에 혜미는 비웃었다.

"그래, 사랑의 힘이 대단하긴 한가 봐. 내가 진현이를 많이 좋아하긴 하지. 그런데 오빠, 아니, 이상민."

그녀가 싸늘하게 말했다.

평소에는 전혀 상상도 할 수 없는 차가운 음성이었다.

"하나 경고할게."

"뭘? 우리 동생."

"진현이는 건들지 마."

"……!"

그 말에 이상민의 얼굴의 미소가 사라졌다.

그러나 그것도 잠시, 그는 다시 여유 있게 웃으며 물었다.

"무슨 이야기를 하는지 모르겠는데?"

"몰라? 네가? 하나만 말할게. 진현이를 건들지 마. 분명히 경고했어."

"싫다면?"

이상민의 미소에 혜미는 차갑게 말했다.

"널 매장시키겠어."

"……!"

"난 너와 다르게 가문의 적통이야. 그럴 힘 하나 없는 줄 알아? 쫓겨나기 싫으면 알아서 조심해."

이상민의 눈썹이 흔들렸다. 그러나 여유를 잃지는 않았다.

"아버지가 원치 않을 텐데?"

"아아… 아버지? 결벽증에, 가정폭력에, 여자만 밝히며 비열한 그 남자? 물론 이 대일병원 내에서는 그 남자의 영향력이 절대적이긴 하지. 하지만 그룹 전체에서, 가문 내에서도 그럴까? 그 잘난 아버지가 너를 지켜줄 수 있다 생각해?"

이상민의 얼굴이 완전히 굳어졌다.

혜미는 입술을 깨물며 말했다.

"그리고, 범수 오빠."

"……!!"

"네 짓인 것 다 알고 있어. 모를 줄 알아? 명확한 증거가 없어서 참고 있을 뿐이야."

"…무슨 이야기하는지 모르겠군."

"몰라? 그래, 모르겠지. 기다려. 널 결코 용서하지 않을 테니."

그 말을 끝으로 죽을 듯한 침묵이 내려앉았다.

이상민은 손으로 얼굴을 감싸더니 킥킥 웃었다.

"그래, 그래. 우리 동생이 생각보다 매섭구나."

"……."

"그런데… 그거 알아?"

그리고 이상민이 갑자기 그녀에게 다가왔다.

불길한 느낌을 받은 그녀는 급히 뒤로 물러났다.

"…가까이 오지 마!"

"조용히 해."

그녀는 뒷걸음쳤으나 벽에 등이 닿았다.

탁.

이상민은 한쪽 팔로 그녀가 도망가지 못하게 벽을 짚었다.

"이……!"

그녀가 비명을 지르려는 순간, 차가운 감촉이 목에 닿았다.

손톱만 한 작은 칼날이었다.

이상민은 나직이 웃었다.

"조용히 해."

"……!"

그는 장난하듯 칼날을 움직였다.

피익. 하얀 살결이 갈라지며 주륵 피가 흘러내렸다.

그녀의 눈동자가 흔들렸다.

이상민이 부드러운 목소리로 말했다.

"너도 의사니 알잖아? 여기 경동맥이야. 내가 혹시라도 힘을 더 주면 넌 바로 죽어. 그러니 조용히 해. 우리 동생, 말 잘 듣지? 응?"

그러면서 그는 좀 더 힘을 주었다.

주르륵. 살이 베이는 날카로운 통증과 함께 피가 계속 흐르며 혜미의 하얀 옷을 적셨다.

"이런, 힘이 더 들어갔네. 이러다 잘못해서 피부를 넘어 경동맥을 베면 어떻게 하지? 그렇지 않아도 우리 동생 말라 피부가 얇은데. 응?"

혜미의 얼굴이 공포에 질렸다. 그녀의 눈이 눈물에 젖어 들어갔다.

"우리 동생, 울면 안 되지. 응?"

이상민의 눈이 희번덕거렸고, 혜미는 공포와 소름으로 몸을 떨었다.

"그러니까 왜 그랬어? 응? 김진현은 내 유일한 친구라서 지금까지 봐줬지만… 넌 이종근, 그 개자식의 피가 섞인 것 외에 나한테 아무것도 아니잖아?"

그리고 그는 공포에 질린 혜미의 눈동자를 직시했다.

부드러운 미소와 달리 그의 눈은 지극히 차가웠다.

"응? 죽고 싶어?"

혜미는 벌벌 떨며 답했다.

"…그래."

"뭐?"

그녀는 두려움과 분노로 눈물 흘리며 외쳤다.

"그래, 이 자식아! 차라리 죽여! 흑흑. 지금 나를 죽이지 않으면 언젠가 내가 너를 지옥에 떨어뜨릴 거야! 후회하기 싫으면 지금 죽여!!!"

그러고 그녀는 펑펑 울었다.

모든 게 지긋지긋했다.

이 악마 같은 집안에서 태어난 것도, 친오빠의 원수를 알고도 아무것도 못하는 것도, 아무에게도 사랑 받지 못하는 것도.

모두 지긋지긋해서 차라리 죽고 싶을 정도였다.

이상민의 얼굴에서 표정이 사라졌다.

"재미없군."

그는 그녀에게서 떨어졌다.

"너 앞으로 조심해."

그러고 피 묻은 칼날을 허공에 던졌다 받았다 하며 그는 휴게실에서 사라졌다.

홀로 남은 그녀는 갑자기 몸에서 힘이 풀려 바닥에 주륵 주저앉았다.

"하, 하."

그녀는 헛웃음을 터뜨렸다. 눈에서 눈물이 흘러나왔다.

"흐흑, 흑, 흑."

그녀는 울음이 새어 나가지 않게 입을 가렸다.

"읍읍, 흑흑."

정말 모든 게 지긋지긋했다.

죽고 싶을 만큼.

*　　*　　*

이후 6월, 7월, 8월, 9월… 달력이 무미건조하게 넘어갔다.

전반부의 폭풍 같았던 나날과 다르게 그 뒤로는 특별한 일은 없었다.

내과와 외과에서는 여전히 그를 꼬셨고, 피부과에선 지원해도 떨어뜨릴 것이라 했으며, 진현은 그냥 귀를 막고 시험공부를 했다.

자신에게 이런 고집이 어디 있었는지 놀라면서.

그 외에는… 그는 여전히 종종 병원에서 사고(?)를 쳤고… 음, 이상민은 여전히 속을 알 수가 없었다.

황문진과는 여전히 친했고… 그리고… 아, 고등학교 때 친구, 일진 김철우가 경찰 시험에 합격했다.

"너희들 의료사고 생기면 다 잡아넣을 거야!'

라고 말한 김철우는 형사가 되었다.

그리고… 음… 이전 삶의 아내, 이연희와는 많이 친해졌다. 어쩌다 몇 번씩 만나다 보니, 이제 그녀는…….

[진현 씨, 오늘 저녁에 맛난 것 먹으러 가지 않을래요? 쫑쫑.]

하며, 그에게 서슴없이 문자를 보내고 있었다.

마지막으로 혜미는…….

욱신.

혜미를 떠올리자 진현은 가슴이 아팠다. 이유를 알 수 없는 아픔이다.

"진현아, 나 회 많이 먹고 올게. 건강히 잘 지내!"

그녀는 여전히 밝게 웃으며 9월부터 울산에 위치한 자매병원으로 파견근무를 떠났다.

그녀는 9월, 10월 모두 파견이고, 11월, 12월은 진현이 파견근무이니 총 4개월이나 못 보게 되는 것이다.

떠나기 전까지 그녀와는 이상하게 어색했다.

친하고 밝게 잘 지내는데… 이상하게 어색했다.

정말 이유를 알 수 없었다.

'4개월이라… 이 녀석이랑 이렇게 떨어져 있다니.'

그러고 보니 지난 6년 동안 이 녀석이랑 떨어져 지냈던 적이 없었다.

항상 같이였는데… 항상.

그런 생각을 하자 공허한 느낌이 들어 진현은 쓴웃음 지었다.

'울산에서 잘 지내나? 연락도 없이. 회는 잘 먹고 있나?

보나마나 회 조금에 소주 왕창, 이렇게 먹고 있겠지.

그녀가 소주를 마시는 얼굴이 떠올랐다. 밝게 웃는 모습도 생각났다.

그래…….

진현은 중얼거렸다.

보고 싶었다.

이유를 알 수 없지만 말이다.

*　　*　　*

10월 말, 날씨가 싸늘해지고 인턴들의 분위기도 변했다.

전공을 정하는 레지던트 선발 시험이 코앞으로 다가왔기 때문이다.

친한 친구이자 룸메이트 황문진도 공부에 열중이었다.

"아, 어렵다. 진현아 이 문제 답 뭐야?"

"심폐소생술 3분째니 에피네프린(Epinephrine)."

"요건?"

"삼각형 모양 절개니… Mercedes benz incision."

"이건?"

"카바페넴(Carbapenem) R… 이런 항생제 감수성이면… 첫 번째 선택(First choice) 항생제는 콜리스틴(Colistin). 부작용은 급성 신손상(Acute kidney injury)."

막힘없는 대답에 황문진은 기가 질린 표정을 지었다.

"어떻게 이걸 다 알아? 나도 의대 다닐 때는 공부 좀 했는데. 이건 뭐 비교도 안 되네. 역시 한국대 수석이 다르긴 다르구나."

"뭘, 아니야."

"하아, 나는 이러다 합격할 수 있을지 모르겠다."

황문진은 대일병원 외과에 지원했다.

진현은 고개를 끄덕였다.

"너 정도면 무난히 합격할 거야."

"그럴까?"

"그래, 엄살 부리지만 공부도 많이 했잖아."

"그건 그래. 네가 너무 괴물 같은 거지, 나도 제법 괜찮다고!"

그렇게 말한 황문진은 히죽 웃었다.

진현도 같이 웃었다.

만년 꼴지 황문진이 국내 최고 대일병원의 외과의사라니.

본인이 할 이야기는 아니지만 정말 세상 다시 살고 볼 일이다.

"진현이 너는 정말 피부과 쓸 거야?"

"그래."

"정말로 괜찮겠어?"

황문진이 걱정스레 물었다.

걱정하는 게 당연했다.

기적 같은 점수를 맞지 않으면 합격할 수 없으니.

하지만 진현은 태연히 고개를 끄덕였다.

"괜찮아."

"그냥 나랑 같이 외과를 하는 것은 어때? 외과 좋잖아. 의미도 있고."

그렇게 묻긴 했지만, 진현이 피부과를 지원하는 것을 이해 못할 일은 아니다.

의사들이 외과, 내과, 산부인과 등 생명을 다루는 과를 기피하는 현상은 하루, 이틀 일이 아니니까.

의사들이 타 직종에 비해 특별히 이기적인 사람들만 모여서가 아니다.

편하고 돈 잘 버는 직업을 원하는 것은 모든 사람의 공통적인 희망이니까.

물론 외과를 한다고 다 궁핍한 것은 아니다.

자리만 잘 잡으면 꽤 윤택하게 살 수 있다.

하지만 진현의 지난 삶처럼 가시밭길이었고, 다른 돈 잘 버는 과들과 차이가 너무 많이 났다.

돈 잘 버는 과들, 특히 진현이 희망하는 강남의 잘나가는 피부과는 한 달에 1~2억 순이익이 기본이니까.

매출이 아니라 순이익이.

1년이 아니라 한 달에.

일반인들이 들으면 못 믿을 이야기지만, 실제로 그렇다.

그리고 그러면서 외과, 내과에 비해 비교할 수 없이 편하다.

물론 강남에 개업한다고 꼭 성공하란 보장은 없지만, 최고 중의 최고를 달리는 진현 정도의 스펙이면 쪽박차기도 어렵다.

편하고 돈 잘 벌고 싶으면 다국적 제약회사 헤인스를 가면 되지 않냐고?

그것도 고려 사항은 될 수 있다.

하지만 매일 어마어마한 스카우트 조건을 제시받으면서도 각 대학병원의 교수들이 다국적 제약회사에 안 가는 것은 이유가 있다.

아무리 조건이 좋고 임원이 되면 뭐하는가?

말이 좋아 임원이지 결국 월급쟁이고, 실적 안 좋으면 잘릴 신세인걸.

그리고 환자를 보길 원하는 의사는 의사일 때 가장 빛이 난다.

그게 외과든 피부과든 말이다.

더구나 다국적 제약회사의 메디컬 디렉터(Medical director)는 결코 편하지 않다.

상식적으로 생각해 봐도 거액의 연봉을 주면서 편하게 굴리는 것이 말이 되지 않는다.

주는 만큼 골수를 뽑아내는 것이 다국적 기업들이다.

그런 사유로 각 대학의 능력 있는 최상위권들은 피부과, 성형외과… 그 외 정형외과, 재활의학과, 영상의학과 등에 몰린다.

그런 사정이다 보니 진현이 피부과를 지원하는 것도 어찌 보면 당연한 거다.

외과를 지원하는 입장이지만 황문진도 진현이 피부과를 지망하는 것을 충분히 이해했다.

황문진이 짜증스레 고개를 저었다.

"그래, 에휴. 세상 참 더럽지. 공정한 경쟁에 도대체 로열이 뭐냐?"

"……."

"에이, 몰라. 너 진짜 콱 시험 만점 받아서 덜컥 합격해 버려라."

황문진은 답답한 마음이 들어 홧김에 이야기했다.

진현은 살짝 웃었다.

"그럴 생각이야."

진현의 대답은 빈말이 아니었다.

'쉽진 않겠지만… 아예 불가능한 일은 아니니까.'

내과, 외과, 소아과, 산부인과 과목으로 구성되는 선발 시험은 특히 외과가 지옥처럼 어렵게 나온다.

도대체 무슨 생각으로 문제를 출제하는 것인지 외과 전문의가 아니면 맞출 수 없는 문제가 70~80%여서 최상위권의 변별력은 외과 과목에서 결정된다.

'하지만 난 이전에 외과를 전공했으니까.'

따라서 진현은 이 시험에 압도적으로 유리했다.

아예 불가능한 도박은 아닌 것이다.

"그런데 너 최근에 공부 많이 못했는데… 그건 어떻게 하냐?"

황문진의 걱정처럼 진현은 최근 공부를 많이 못했다.

"괜찮다. 뭐… 이제 곧 자매병원 파견이니 파견 가서라도 열심히 해야지."

"울산이랑 부산 가는 거잖아. 거기는 일손이 모자라 더 힘들다던데?"

"그렇긴 하지."

"에휴, 나라도 스케줄 바꿔줄 수 있으면 좋은데 나도 11월, 12월에 너랑 같이 자매병원 파견이니."

"됐다. 너도 공부해야지."

"진현이, 너 피부과 말고 다른 과는 싫어? 그러니까… 성형외과라든지. 성형외과는 쌍수 들고 널 환영할 텐데."

"글쎄……."

진현은 고개를 저었다.

대안이 될 수 있고 무척 좋은 과이나… 그냥 싫었다.

내과, 외과는 물론이고 모든 과를 통틀어 최악에 꼽히는 업무량도 그렇지만 뭔가 자신과 잘 안 맞는 느낌이다.

황문진이 화제를 돌렸다. 그는 음흉한 얼굴로 물었다.

"그런데 잘 진행되고 있냐?"

"뭘?"

"뭐긴, 이 녀석. 얌전한 얼굴로 더 한다니까. 작년 미스 대일 대회 우승자인 이연희 간호사 말이야!"

"아……."

진현은 이연희를 떠올렸다.

만나면 편하다 보니 확실히 최근에 자주 만나고 있긴 하다.

"사귀는 거지? 진도는 어디까지 나갔어?"

진현은 고개를 저었다.

"그런 거 아니다."

"에이, 아니긴. 네가 이연희 간호사와 여러 번 계속 만나는 것 알고 혜미가 얼마나… 읍."

떠들던 황문진은 말실수를 깨닫고 입을 다물었다.

진현의 눈꼬리가 올라갔다.

"혜미가? 그게 무슨 말이냐?"

"아, 아니야."

"응?"

그는 의심의 눈초리를 보냈다.

황문진은 급히 고개를 저었다.

"정말 아니야. 그냥 혜미 보고 싶어서 말이 잘못 나왔어. 혜미랑 술 한잔하고 싶다."

"뭐야, 실없긴."

진현은 고개를 저었다.

그런데 그때, 진현의 전화가 울렸다.

"콜인가?"

하지만 근무하는 병동 전화번호는 아니었다.

누구지?

"네, 김진현입니다."

—아, 김진현 선생님? 대일병원 교육수련부입니다.

"무슨 일이시죠?"

진현은 인상을 찌푸렸다.

교육수련부는 인턴 수련을 관리, 감독하는 기관으로 얽히면 좋은 일보다 귀찮은 일이 많다.

역시나 그 예상은 틀리지 않았다.

—업무 때문에 드릴 말씀이 있는데, 잠시 교육수련부에 올 수 있으십니까?

"알겠습니다."

그리고 곧 교육수련부에 도착해 업무 설명을 들은 진현은 놀라 반문했다.

"그러니까 환자 이송을 하라고요?"

"네, 그렇습니다. 자주 하지 않으셨습니까?"

"아니, 환자 이송이야 늘 하는 것이지만… 이건……."

진현은 눈살을 찌푸렸다.

물론 환자 이송이야 인턴의 업무니 숱하게 해봤지만 이건 다르잖아?

"평소 하는 것과 크게 다르지 않을 것입니다."

"비행기를 타고 해외로 환자 이송을 하는 것이 어떻게 다르지 않단 말입니까?"

진현은 기가 차 반문했다.

대화 내용처럼 그가 제안 받은 업무는 환자를 다른 병원으로 옮기는 환자 이송이었다.

분명 인턴의 업무는 맞지만 문제는 비행기를 타고 해외의 병원에 옮겨야 한다는 것이었다.

그것도 중국이나 일본도 아니다. 무려 아랍권, 아부다비였다.

'아부다비가 어디야? 아프리카야, 중동이야?'

진현은 곤란함에 혀를 찼다.

'물론 안 좋을 수 있는 환자는 이동 중에 문제가 생길 수 있기 때문에 의료진이 동반해야 하긴 하지만… 비행기를 타고 그 먼 곳까지 갔다 오라니… 이건 좀. 그리고 난 비행기를 거의 타본 적도 없단 말이야.'

교육수련부 직원이 미안한 표정으로 밀었다.

"곤란한 것은 압니다. 어려우시겠습니까?"

진현은 물었다.

"그런데 다른 인턴도 많은데 왜 하필 저입니까?"

"그야 당연히 선생님이 제일 뛰어나시니까요. 이송할 환자가 아랍에미레이트를 구성하는 토후국(土侯國)의 왕자라서 진료과에서 신경이 많이 쓰이나 봅니다. 꼭 선생님이 갈 수 있도록 해달라고 요청하더군요."

"……."

진현은 똥 씹은 마음이 들었다.

사고 좀 작작 칠걸.

그런데 그때 직원이 귀가 솔깃할 이야기를 했다.

"비행기를 타고 왔다 갔다 하는 게 힘들긴 하겠지만 추가 수당이 있습니다."

"추가 수당이요?"

"네, 일이 끝나면 왕가 측에서 300만 원을 선생님께 지불할 것입니다. 저희 병원에서는 50만 원을 드리고요. 총 350만 원입니다."

"……!"

진현은 머릿속으로 계산했다.

'중동까지 왔다 갔다 하면 넉넉잡고 2일. 2일에 350만 원이라. 나쁘지 않군.'

큰돈은 아니지만 한 푼의 보상도 안 해주는 경우가 많다는 것을 생각하면 이틀 이송의 보상으로는 굉장히 큰 대가였다.

특별한 사고만 안 난다면 말이다.

'별문제 없겠지? 하늘에서 문제가 생기면 손쓸 방법도 없는데. 상태가 안 좋은 환자를 비행기에 태워 보내진 않을 테니까.'

뭐, 싫다 해도 월급 받는 입장에서 거절할 수도 없었다.

"알겠습니다. 하겠습니다."

진현은 고개를 끄덕였다.

직원은 환히 웃으며 감사를 표했다.

"네, 감사합니다. 유사시를 대비해서 선생님 말고도 또 다른 인턴 선생님 한 분과 간호사 한 분이 동행할 겁니다. 잘 부탁드립니다."

"네, 알겠습니다."

진현은 별 생각 없이 고개를 끄덕였다. 누가 동행하는지는 묻지 않았다.

'나름 첫 해외여행이군.'

물론 공항에서 아랍에미레이트 의료진에게 환자 인수 후 곧바로 되돌아와야겠지만 말이다.

'공항 면세점… 아부다비란 곳에도 있겠지? 돌아올 때 부모님 선물이나 사야겠구나.'

350만 원 공돈이 생기니 면세점에서 부모님 선물을 사드리면 되겠다. 그렇게 생각하니 기분이 좋아졌다.

하지만 한 가지 확인은 해야 했다.

"혹시 환자 상태가 안 좋지는 않지요? 그렇다면 곤란합니다."

"네, 걱정하지 마십시오. 그냥 VIP의 비위를 맞추기 위한 형식적인 환자 이송입니다."

그렇다면야.

공중에서 환자가 안 좋아져도 문제지만 그걸 다행히 해결해도 문제다.

지금까지 친 사고(?)만으로도 감당이 안 됐기 때문이다.

'이제는 진짜 조용히 살아야 해. 더 사고(?)를 치면 사람들은 정말 내가 외과나 내과를 할 거라 생각할 거야.'

그렇지 않아도 많은 사람이 이전의 사고(?)들 때문에 그가 사람을 살리는 외과나 내과를 할 걸로 착각하고 있다.

그런데 만약 대형 사고라도 한 번 더 치면… 생각하고 싶지도 않다.

'형식적인 이송이라니. 이번엔 별문제 없겠지.'

진현은 그렇게 생각했다.

"네, 알겠습니다. 출발할 때 연락주십시오."

하지만 그는 모르고 있었다.

지금까지의 사고(?)와는 비교도 안 되는 먹구름이 밀려오고 있다는 사실을.

초유의 대형 사고였다.

훗날 진현의 인생 항로에 영향을 줄 정도로.

11장

하늘의 외과의사 (2)

출발 일정은 며칠 뒤, 10월의 마지막 날이었다.

아부다비에서 돌아오자마자 울산으로 파견근무를 가야 하니 최악의 스케줄이었다.

'어쩔 수 없지. 돈 벌기 쉬운 게 아니니.'

그리고 시간이 흘러, 출발 날이 다가왔다.

―인천공항까지는 다른 의료진이 동행할 것이니 선생님은 따로 먼저 공항에서 대기하고 계십시오. 오전 11시 30분에 출국 게이트 앞에서 인계하도록 하겠습니다.

진현은 병원에서 제공해 주는 차량을 타고 공항으로 이동했다. 접대용 차량이라 나름 에쿠스였다.

“여기가 인천 공항…….”

인천 공항을 본 진현은 살짝 감탄했다.

‘김포 공항과는 비교가 안 되는군.’

평생을 통틀어 이전 삶의 아내인 이연희와 신혼여행을 갈 때 김포 공항으로 제주도에 간 것 외엔 공항에 와본 경험이 없는 진현이다.

‘그런데 같이 동행할 인턴과 간호사는 누구지? 물어볼 것을 그랬나?’

하지만 진현은 고개를 저었다.

약속 장소에서 기다리고 있으면 알아서 올 것이다.

‘아직 예정시간까지 1시간 30분이나 남았군. 뭐하지? 공항 구경? 아니야, 시험공부나 하자.’

처음 보는 공항을 구경할까 하는 생각도 들었지만 공부를 하기로 결정했다.

그는 에티하드 항공의 출국 게이트 근처의 카페에 자리를 잡았다.

‘피부과에 합격하려면 반드시 만점에 가까운 시험 점수를 받아야 해.’

불가능에 가까운 일이지만, 해내고 말 것이다.

진현은 책을 넘기며 생각했다.

간절한 마음 때문일까 책을 한 자, 한 자 읽자 주변의 소음이 잊혀지고 금방 집중이 됐다.

이미 알고 있던 내용이지만 진단법과 치료법이 다시 정리되어 머릿속에 쌓였다.

그렇게 얼마나 공부를 했을까?

저 멀리… 어디선가 흐릿한 소리가 들렸다.

"…현아."

"……."

진현은 자신을 부르는 거라 생각 못하고 책에 열중했다.

그러나 다음 순간.

"…진현아!!"

익숙한 목소리에 진현은 번뜩 고개를 들었다.

그리고 그곳엔 그녀가 있었다.

"……!"

하얀 얼굴, 어느새 어깨를 넘어 찰랑거리는 머리카락, 청초한 꽃을 연상시키는 아름다움.

급하게 뛰어왔는지 얼굴이 빨개진 그녀가 평소처럼 환하게 웃으며 말했다.

"하아하아, 반가워. 잘 지냈어?"

혜미였다.

"……."

두근.

두 달, 무려 두 달 만에 그녀를 보자 진현은 알 수 없는 심장의 두근거림을 느꼈다.

그 감정이 당황스러워 자신도 모르게 퉁명스런 목소리로 말했다.

"잘 지냈냐?"

"응! 울산에 회 맛있더라. 그런데 일은 진짜 힘들어. 거의 잠도 제대로 못 자."

"그런데 여긴 어떻게?"

"환자 이송 때문에 왔는데? 너도 환자 이송 때문에 온 거잖아."

"아… 다른 인턴이 너였구나."

진현의 반응에 혜미는 불만스레 볼을 불렸다.

"뭐야? 모르고 있었던 거야?"

"응, 몰랐어. 그런데 하필 우리 둘이라니 우연도 대단한 우연이네."

가장 친한 친구 둘이 같이 아랍에 가게 되다니.

대단한 우연이라 생각했다.

그런데 그때 혜미가 나직이 중얼거렸다.

"우연 아닌데……."

작은 소리라 제대로 못 들은 진현이 반문했다.

"응? 뭐라고?"

"아니야. 이제 곧 출발이지? 급하게 왔더니 목마르다. 여기 커피 맛있어?"

"글쎄? 어차피 나한테 커피는 그냥 검고 쓴 물이라서."

진현의 답에 혜미는 큭큭 입을 가리고 웃었다.

그 웃는 모습이 강아지처럼 귀여웠다.

"앉아 있어라. 내가 사줄게."

"응, 아니야. 내가 사먹을게. 있어."

혜미는 금방 아이스 아메리카노를 사 들고 돌아왔다.

그녀는 빨대로 커피를 쭈욱 빨아먹으며 말했다.

"진현이, 너는 잘 지냈어?"

"나야 뭐. 그냥그냥."

그녀는 걱정스러운 말투로 물었다.

"이제 곧 전공 지원해야 하는데… 정말로 피부과 쓸 거야?"

진현의 얼굴이 무거워졌다.

"써야지."

"그래……? 그냥 다른 과 쓰는 게 낫지 않아? 외과 강민철 교수님이 네가 외과 하는 거 간절히 원하신다는데. 백 년에 한 번 나올까 말까 하는 천재를 놓칠 수 없다고. 사실 다들 네가 피부과 말고 외과나 내과 같은 생명을 살리는 과를 하기를 바라고 있어."

혜미의 걱정이 옳았다.

꽤 많은 시간이 지났지만 외과 강민철 교수는 계속 진현에게 러브 콜을 보내고 있었다.

그리고 그건 외과뿐이 아니다. 내과도 열렬하긴 마찬가

지다.

모두가 진현이 사람을 살리는 과를 하기를 바랐다.

그러나 진현은 고개를 저었다.

“하고 싶은 과 해야지.”

“그래도…….”

“괜찮다. 꼭 합격할 거니 걱정하지 마라. 낙하산 따위한테 지지 않을 거다.”

강한 의지가 담긴 말에 혜미는 입을 다물었다.

“그래, 나야 네가 하고 싶은 과를 했으면 바라지만…….”

걱정으로 작게 한숨을 내쉰 그녀는 화제를 돌렸다.

“그런데 이송팀의 나머지 한 명은 누구인지 알아? 간호사라고 하던데…….”

“나도 잘 모르겠다.”

그런데 그때, 부드러운 목소리가 뒤에서 들렸다.

“저도 앉아도 될까요? 대일병원 환자 이송팀이죠?”

“……!”

익숙한 목소리.

진현과 혜미는 놀라 고개를 돌렸다.

단아한 인상의 미녀가 그들에게 살포시 미소 지었다.

“반가워요, 진현 씨. 저도 이번 이송팀에 참가하게 되었어요.”

그녀, 이연희는 혜미에게도 인사했다.

"이연희라고 해요. 이혜미 선생님이시죠? 진현 씨의 친한 친구라 들었어요. 반가워요."

진현 씨.

그 친근한 호칭에 혜미의 얼굴이 일순 굳어졌다 풀렸다.

그녀도 웃으며 답했다.

"네, 반가워요. 저도 잘 부탁드려요."

* * *

"대장암 환자로 수술 후 합병증이 있었으나, 전부 좋아지셨으니 비행 중에 특별한 문제는 없을 겁니다."

진현은 환자 인계를 받았다.

환자는 머리 벗겨진 아랍남자였는데 히죽 웃으며 진현에게 인사했다. 미소 사이로 금니가 번뜩했다.

"Hello."

마주 인사한 진현은 생각했다.

'다행히 나빠 보이진 않는군.'

VIP여서 신경 쓰는 것인지 특별히 상태가 안 좋아 보이진 않았다.

사실 상태가 안 좋은 환자를 비행기에 태울 리는 없으니까 걱정할 것은 없었다.

'이틀 동안 350만 원 벌어와야지. 부모님께 뭘 선물해 드릴까?

이런 한가한 생각도 하며 그는 비행기에 탑승했다.

아랍에미레이트의 왕족인 환자는 퍼스트 클래스에 눕고, 이송 팀인 그들은 근처 비즈니스 클래스에 앉았다.

"저 비즈니스 클래스 처음 타 봐요. 진현 씨는요?"

"저도 처음입니다."

진현이 자리에 앉자 이연희가 그 옆자리에 앉았다.

"……!"

혜미는 그런 둘을 보고 잠시 가만히 있다가 통로를 사이에 두고 따로 혼자 앉았다.

그런 혜미에게 연희가 친근하게 물었다.

"이혜미 선생님은요? 이혜미 선생님은 비즈니스 클래스 타 봤어요?"

"저도 처음이에요."

혜미는 짤막하게 답했다.

그녀도 비즈니스 좌석은 처음이었다.

항상 퍼스트 클래스만 탔으니까. 물론 그 말은 굳이 덧붙이지 않았다.

뭔가 가라앉은 혜미의 모습에 진현은 의아한 마음이 들었다.

아까까진 안 그랬는데? 왜 그러지?

"혜미야, 혹시 몸 안 좋아?"

"……."

혜미는 잠시 침묵했다 웃으며 말했다.

"응, 아니야. 피곤해서 그래. 어제도 병동에서 밤새고, 오늘 울산에서 올라오느라 몸이 안 좋네. 신경 쓰지 마."

이연희가 걱정스레 말했다.

"이혜미 선생께서는 좀 주무세요. 만약 환자한테 문제가 있으면 저희가 말씀드릴게요."

"네."

혜미는 좌석을 조정해 눕기 좋게 만들어 눈을 감았다.

평소와 다른 그 모습에 진현은 고개를 갸웃했다.

아까까지만 해도 저렇게 피곤해 보이진 않았는데?

—Ladies and gentleman…….

그때 안내방송과 함께 비행기가 이륙을 시작했다.

그리고 시간이 지난 후, 비행기가 궤도에 안정적으로 안착하자 스튜어디스들이 식사를 제공하기 시작했다.

비즈니스 클래스답게 풀코스 요리였다.

"진현 씨, 이것 봐요. 스테이크도 있어요. 이것 드세요."

옆 좌석의 연희가 찰싹 달라붙어 메뉴를 가리켰다.

"아… 네."

"저 고기 별로 안 좋아하니 스테이크는 제 것까지 드세요."

"아니, 괜찮습니다."

"그러지 말고 드세요. 그나저나 이렇게 비즈니스 좌석을 타고 해외에 가다니, 환자 이송 중이라지만 좋네요."

진현은 미안한 마음이 들었다.

이전 삶에서 그녀와는 신혼여행 때 제주도를 가본 것 외엔 한 번도 여행을 한 적이 없다.

이렇게 좋아하면 한 번쯤 다른 곳을 가도 좋았을 텐데.

그때 문득 진현은 옆으로 고개를 돌렸다.

혜미는 아무런 이야기도 안 들리는지 식사가 나오는지도 모르고 눈을 감고 있었다.

"혜미야?"

"……."

"이혜미?"

"…왜?"

짧은 대답.

진현은 걱정스레 말했다.

"몸 많이 안 좋아?"

"아니, 그냥……."

"이제 식사 나오는데 밥 먹고 자."

"됐어. 생각 없어. 많이 먹어……."

피곤한지 혜미는 고개를 돌렸다.

*　*　*

다행히 비행은 평온했다.

진현은 매 시간마다 환자의 상태를 체크했으나 아랍 왕자는,

"I am okay."

라고 말할 뿐이었다.

실제로도 괜찮아 보여서 진현은 마음을 놓았다.

"혹시 조금이라도 불편한 점 있으면 말씀해 주십시오."

진현은 영어로 이야기했다.

아랍 왕자는 사람 좋게 웃으며 어눌한 영어로 답했다.

"오케이. 고마워요. 닥터도 좀 쉬세요."

진현은 자리로 돌아오며 생각했다.

'부러운 팔자군. 암에 걸린 것은 안 되긴 했지만.'

석유 부자 나라들은 땅에서 어마어마한 수입을 얻기 때문에 힘든 직업인 의사를 아무도 안 하려고 한다.

따라서 중한 질병에 걸리면 의료 선진국으로 치료를 받으러 가는 일이 흔하다.

가까운 유럽으로 많이 가지만, 최근에는 유럽에 비해 결코 뒤떨어지지 않는 수준을 지닌 한국으로도 많이 왔다.

'유럽 사람들은 아랍 사람들 진료하는 거 싫어하니까.'

인종차별이 아니라 해외로 진료 받으러 나가는 아랍 사람들이 안하무인인 격이 많아서 그렇다.

'자기 집에서 받던 대우를 다른 나라에서도 받으려고 하니

그렇지. 의료진인 간호사한테 시중을 들며 발을 닦으라고 요청하질 않나.'

뭐, 이 환자는 그런 것 같진 않지만.

'다들 자나.'

비즈니스 석으로 돌아온 진현은 혜미와 연희를 돌아보았다.

비행이 시작된 지 거의 7시간째라 둘 다 새근새근 잠이 들어 있었다.

'혜미…….'

혼자 따로 앉아 잠을 자고 있는 것을 보니 괜히 마음이 안 좋았다.

그는 가만히 그녀의 얼굴을 바라봤다.

얕은 어둠 속 하얗게 가라앉은 얼굴.

그는 무심코 손을 들어 그녀의 머리를 쓰다듬었다.

손에 닿는 감촉이 부드러웠다.

'이 녀석도 여자긴 하구나.'

그런데 진현은 일순 인상을 찌푸렸다.

'이 흉터는 뭐지?'

머리카락이 뒤로 젖혀지니 목 한쪽에 얇은 흉터가 나타났다. 마치 칼로 베인 듯한 상처다.

'이전에도 이런 상처가 있었나? 뭐지?'

최근에 항상 머리로 가리고 있어서 몰랐다.

그런데 그때 당황에 젖은 목소리가 들렸다.

"지, 진현아? 뭐해?"

혜미였다.

그녀가 빨갛게 달아오른 얼굴로 눈을 동그랗게 떠 그를 바라봤다.

"……!"

진현은 서둘러 손을 뗐다. 그의 얼굴도 살짝 붉어졌다.

그는 더듬거리며 말했다.

내가 왜 머리를 쓰다듬었지?

"미, 미안하다. 그런데 목의 상처는?"

"아, 아… 응, 아, 목의 상처?"

혜미는 그와는 비교도 안 될 정도로 당황해 말을 더듬거렸다.

그의 손길이 떠오르자 목덜미까지 화끈거리며 달아올랐고 가슴이 두근거려 진정이 안 됐다.

"이, 이거 그냥 긁힌 거야."

"긁힌 거라고?"

"응, 신경 쓰지 마."

"그, 그래. 괜히 깨워 미안하다. 좀 더 자라."

"으, 응. 너도 피곤할 텐데 자."

혜미는 붉어진 얼굴을 보이기 싫은지 담요를 머리끝까지 덮었다.

*　　*　　*

이후 아부다비 공항에 도착할 때까지 아무런 일도 일어나지 않았다.

"고생하셨습니다. 이후로는 저희가 모시겠습니다."

공항에 도착하자 관계자들과 의료진들이 진현을 맞았다.

한 나이 지긋한 백인 의사가 물었다.

"특별한 문제는 없으셨죠?"

"네, 괜찮으셨습니다."

환자도 뭐라뭐라 말했다.

아랍어여서 한마디도 못 알아들었지만 나쁜 말을 한 것은 아닌 것 같다.

백인 의사가 이렇게 말한 것이다.

"잘 살펴주셔서 감사하답니다. 특히 닥터 김의 꼼꼼한 진료에 감동했다고 합니다."

"아닙니다."

진현은 머쓱한 마음이 들었다.

비즈니스 클래스에서 잘 얻어먹은 것 외에는 별로 한 것도 없는데?

백인 의사는 싱끗 웃었다.

"감사의 표시로 원래 약속했던 것보다 두 배의 금액을 사례하라고 하시는군요. 한국의 은행 계좌로 입금하겠습니다."
"아… 괜찮습니다."
300만 원의 두 배니 600만 원이다.
대일병원에서 받기로 한 50만 원을 더하면 650만 원이니 비즈니스에서 노닥거린 대가치고는 너무 과했다.
하지만 돈이 넘쳐나는 석유국의 부호답게 그 정도 푼돈은 신경도 쓰지 않았다.
"괜찮으니 부담 안 가져도 됩니다. 그러면 저희는 가볼 테니 편히 귀국하십시오. 귀국 편 비행기는 5시간 뒤입니다."
그리고 그들은 우르르 사라졌다.
연희가 다가왔다.
"아, 그래도 별일 없이 끝났네요. 다행이에요. 조금 걱정했었는데."
"네, 다행입니다."
"그런데 이제 뭐할까요, 진현 씨?"
연희가 눈을 반짝거렸다.
"글쎄요? 조금 쉬어야 하지 않겠습니까? 5시간 뒤에 다시 비행기를 타야 하니……."
"그렇긴 하네요. 배도 고프고… 샤워도 할 수 있으면 좋을 텐데 그건 어렵겠죠?"
진현도 모른다. 애초에 비행기를 타고 해외에 나와 본 게 처음이기 때문이다.

주변을 둘러보니 하얀 외벽의 공항 안에 중동인과 백인들이 바글바글했다.

규모만 보면 인천국제공항에 절대 못하지 않은 크기였다.

연희는 간단히 요기를 위해 근처 샌드위치 가게에 갔다가 고개를 저으며 돌아왔다.

"이상하게 카드가 안 되네요. 진현 씨 혹시 달러 가지고 있는 것 있으세요?"

"저도 달러는 없습니다."

관광하러 온 것이 아니라 원화 말고는 환전해 온 돈이 없었다.

"어쩌지……."

그런데 그때 가만히 뒤에서 둘을 바라만 보고 있던 혜미가 말했다.

"있어요. 돈 안내고 씻고 밥 먹을 만한데."

"아, 그래요? 어디에요, 혜미 선생님?"

"이쪽으로 오세요."

* * *

혜미가 그들을 데리고 간 것은 플래티넘 라운지였다.

VIP 고객 외에는 입장이 불가능한 고급 라운지였지만 그녀가 카드 한 장을 보이자 모든 게 오케이였다.

"전부 마음껏 이용하시면 됩니다. 편히 쉬십시오."

정장을 입은 매니저가 친절히 말했다.

라운지에는 온갖 종류의 음식과 음료, 커피, 맥주, 와인 등이 비치돼 있었고, 안에는 샤워실과 휴식을 취할 수 있는 침대가 놓여 있었다.

"와, 진현 씨. 가서 먹어요. 그렇지 않아도 배고팠는데. 고마워요, 혜미 선생님."

혜미에게 살짝 고개를 끄덕인 연희는 진현의 팔을 잡고 끌었다.

진현은 끌려가며 혜미를 바라봤다.

"혜미, 너는?"

혜미는 살짝 웃으며 고개를 저었다.

"난 됐어. 별 생각 없어. 씻고 쉴 테니 둘이 같이 잘 먹어."

진현이 걱정스러운 목소리로 말했다.

"너 비행기에서도 아무것도 안 먹었잖아. 정말 괜찮아?"

"응, 입맛이 없네. 괜찮으니 신경 쓰지 마."

혜미는 더 진현이 잡기 전에 샤워실로 들어가 버렸다.

진현은 고개를 갸웃했다.

'뭔가 기분이 나빠 보이는데. 혹시 내가 아까 머리 만져서 그런가?'

진현은 기회를 봐서 제대로 사과해야겠다고 생각했다.

* * *

싸아아.

혜미는 떨어지는 물줄기를 멍하니 맞으며 쓴웃음 지었다.

'도대체 난 뭘 기대했던 거야?'

보고 싶었다. 정말로.

그와 이연희가 가까워지는 것을 지켜보는 게 너무 가슴이 아파 일부러 파견 근무를 갔다.

하지만 파견 근무를 갔음에도 가슴의 아픔은 덜어지지 않았다.

떨어져 있으면 떨어져 있을수록 밀어내려 하면 밀어내려 할수록… 가슴이 아팠다.

보고 싶어… 너무 보고 싶어… 이번 환자 이송도 일부러 신청했는데 이런 꼴이라니.

"나 너무 바보 같아."

아랍에미레이트까지 와서 그와 이연희가 같이 다니는 모습을 지켜보고 있어야 하다니.

'진현…….'

문득 아까 그가 자신의 머리를 쓰다듬었던 것이 떠올랐다.

그의 손길이 떠오르며 얼굴이 살짝 붉어졌다.

'왜 머리를 만졌던 걸까? 그냥 목의 흉터 때문에? 아니면 혹시……?'

혹시나 하는 기대감이 들지만 그녀는 잘 알고 있다.

혼자만의 바보 같은 기대인 것을.

샤워를 마친 그녀는 머리를 닦으며 밖으로 나왔다. 마침 이연희도 샤워실로 들어오고 있었다.

"어, 혜미 선생님. 씻으셨어요?"

"네."

길게 대화하기 싫어, 스쳐 지나갔다.

그런데 이연희가 말을 걸었다.

"저, 선생님."

"네?"

"진현 씨 좋아하시죠?"

"……!"

혜미의 얼굴이 굳어졌다.

이연희는 방긋 웃고 있었다.

"무슨 말이죠?"

"질문 그대로예요. 좋아하지 않나요?"

"……."

혜미는 한숨을 내쉬었다.

"네, 그래요. 좋아해요, 진현이. 그것도 아주 많이."

대답을 하며 울컥하는 마음이 들었다. 연적에게 이게 무슨 꼴인지 모르겠다.

연희는 고개를 끄덕였다.

"네, 역시 그런 것 같았어요."

"어째서요?"

"티가 워낙 많이 나니까요. 그런데 어쩌죠?"

연희가 미소를 지우며 말했다.

"저도 진현 씨 좋아하는데… 아주 많이. 양보할 수 없어요."

연희는 강한 목소리로 말했다.

"혜미 선생님이 언제부터 진현 씨를 좋아했는지는 몰라요. 얼마나 좋아하는지도 모르고요. 하지만… 절대로 양보할 수 없어요. 절대로."

"……."

혜미는 연희의 눈을 바라보았다.

항상 부드럽게 웃고 있는 단아한 그 눈매에는 질 수 없는 의지가 담겨 있었다.

그 눈을 보는 순간, 혜미는 깨달았다.

아, 이 여자도 진현을 좋아하는구나. 그것도 아무 많이.

그와 동시에 두 가지 감정이 치밀어 올랐다. 참을 수 없는 질투심과 괴로운 안도감.

이 여자라면 나 대신 진현이 옆에 있어도 그를 행복하게 해 주겠구나. 내가 아니라도.

"그래요. 알겠어요."

혜미는 씁쓸히 대답했다.

그리고… 주저하며 입을 열었다. 입을 염과 동시에 가슴이 찢어졌으나 억지로 참았다.

"전 둘의 사이를 방해할 생각이 없어요. 아니, 잘됐으면 좋겠어요. 대신 하나만 부탁이 있어요. 꼭 들어주셨으면 좋겠어요."

의외의 말에 연희의 눈이 커졌다.

"무슨 부탁이죠?"

혜미는 담담히 말했다.

"진현이한테 잘해주세요. 그게 제 부탁이에요."

"……!"

연희의 눈이 흔들렸다. 혜미의 말을 이해할 수 없는 눈치였다.

연적에게 이런 부탁이라니?

혜미는 아프게 미소 지었다.

"이상하게 생각하지 마세요. 진심이니까요."

말을 마친 혜미는 한없이 슬퍼졌으나 어쩔 수 없었다.

진현이는 날 좋아하지 않으니까.

'사랑한다 해서 꼭 이뤄지라는 법은 없어. 어쩔 수 없는 거야.'

그러니까 괜찮아.

그녀는 그렇게 생각했다.

*　*　*

잠깐의 휴식 후 곧바로 귀국행 비행기를 탔다.

똑같은 에티하드 항공이었는데 이번엔 이코노미 클래스였다.

'이왕 쓸 거면 좀 더 쓰지.'

물론 왕복 비행 모두를 비즈니스 클래스로 접대받는 것은 욕심이었다.

체격이 큰 편이 아니라서 좌석도 넓이도 그렇게 불편하진 않았다.

단 이코노미라서 정말로 불편하고 곤란한 것이 있었으니… 이혜미, 이연희 한가운데에 앉게 된 점이다.

'거참, 대일병원의 최고 미녀라고 꼽히는 여자들 사이에 앉아서 가게 되다니.'

다른 남자라면 쌍수를 들어 환영할 일이지만 진현은 불편하기 짝이 없었다.

좁은 공간이라 양팔로 두 여자의 살결이 느껴졌다.

이쪽으로 피하면 이쪽에 살이 닿고, 저쪽으로 피하면 저쪽에 살이 닿는, 진퇴양난의 곤란이었다.

"진현 씨, 많이 불편하시죠?"

연희는 진현의 곤란은 생각지도 않은 채 오히려 조금 더 그쪽으로 몸을 붙이며 물었다.

"…괜찮습니다."

반면 혜미는 비행기에 탄 후 한마디도 하지 않았다.

헤드폰을 시끄럽게 틀고 비행기에서 제공하는, 재미라고는 먼지만큼도 없는 영화에 집중했다.

'얘는 왜 이렇게 기분이 안 좋지?'

피곤한가 했는데 그게 아닌 것 같다. 혜미는 계속 저기압이었다.

'정말 내가 머리 만진 것 때문에 그런가? 내가 왜 그런 실수를 해가지고.'

진현은 후회했다.

사과를 하고 싶었지만, 옆에 연희가 있어서 말을 꺼내기가 그랬다.

다른 사람이 뻔히 지켜보고 있는데, '네 머리 쓰다듬어서 미안하다' 란 말을 하기가 민망하고 실례되지 않겠는가?

'기회를 봐서 사과해야지.'

그렇게 불편한 비행이 지속되었다.

진현은 깜빡 잠이 들었다.

꿈속에서 외과를 전공하는 악몽을 꾸고 눈을 뜨니 시간이 제법 지나 있었다.

'몇 시지? 얼마나 더 가야 하는 거지?'

시계를 보니 인천 도착까지 2시간 30분 정도 남았다.

'꽤 많이 시간이 지났는데 아직도 많이 남았구나.'

도착 시간보다 30분 정도 연착 예정이었다.

기체가 간간히 흔들리는 게 난기류를 만난 듯했다.

'한국 도착해서 곧바로 울산으로 가야 하는데… 피곤하다.'

그런데 그때 연희가 옆에서 말했다.

"진현 씨. 저 잠깐만 나갔다 올게요."

"아, 네."

오래 앉아서 불편한 건지 아니면 화장실을 가려는 것인지 창가 쪽에 앉아 있던 연희가 조심히 둘 사이를 빠져나갔다.

연희가 나가자 진현은 급히 혜미를 돌아봤다.

혜미는 여전히 영화에 열중 중이다.

별로 재미도 없어 보이는데 눈물까지 글썽거리며.

"이혜미."

"……."

"혜미야?"

재차 부르니 혜미가 고개를 돌렸다. 손가락으로 눈을 쓱쓱 닦은 그녀가 물었다.

"무슨 일?"

"왜 이렇게 기분이 안 좋냐? 혹시 나 때문에 그런 거냐?"

혜미는 그 물음에 가슴이 턱 막혔다.

자기 때문에 기분이 안 좋냐고? 그걸 질문이라고… 눈치가 없어도 어떻게 이렇게 없을 수 있을까?

"그런 것 아니야. 신경 안 써도 돼."

하지만 그 대답이 진현은 지은 죄가 있어서인지 '너 때문에 기분 나빠!' 로 들렸다.

"미안하다."

"뭐가?"

"머리 쓰다듬은 것. 불쾌했을 것 같은데 정말로 미안하다."

혜미의 얼굴이 폭발하듯 빨개졌다.

자신의 머리를 쓰다듬던 진현의 손길이 다시 떠올랐다.

그녀는 급히 시선을 돌리며 물었다.

"왜 쓰다듬었는데?"

말을 꺼낸 그녀의 가슴이 터질 듯이 두근거렸다. 물론 별 의미 없는 행동이란 것은 알고 있다.

하지만 이렇게 질문을 하니 다시 바보같이 기대하게 된다.

질문을 받은 진현은 말문이 탁 막혔다.

왜냐고?

'왜 쓰다듬었지?'

그도 모르겠다.

어둠에 잠긴 얼굴이 예뻐 보여서? 홀로 누워 있는 게 안쓰러워 보여서?

"왜 쓰다듬었는데? 대답해봐."

"그건……."

진현은 더듬더듬 입을 열었다.

혜미는 미친 듯이 뛰는 심장의 소리가 새어 나가지 않기를 바라며 답을 기다렸다.

그런데 그때였다!

—삐잉! 비상상황입니다. 혹시 기내에 의사 선생님 있으십니까?

"뭐지?"

진현과 혜미는 놀라 서로를 바라봤다.

방송이 이어졌다.

—비상상황입니다. 긴급환자 발생으로 기내에 의사 선생님이 있으시면 비즈니스 클래스로 와주시기 바랍니다.

혜미가 물었다.

"어떻게 하지?"

"가봐야지."

"무슨 일일까?"

"글쎄… 보통은 별것 아닌 경우가 많은데… 일단 가보자."

진현과 혜미는 일어났다.

방송에 놀란 연희도 급히 자리로 돌아왔다.

"저도 같이 가요, 진현 씨."

진현은 고개를 끄덕였다.

환자를 진료할 때 간호사와 의사는 업무의 분담이 달랐다.

간호사 고유 영역의 일은 의사가 할 수 없기 때문에 그녀가 같이 가주면 도움이 될 것이다.

'별것 아니어야 할 텐데…….'

정말 간단한 경우가 아니면 하늘에서 환자가 안 좋아질 때 의사가 할 수 있는 처치는 별로 없었다.

*　　*　　*

하지만 늘 그렇듯 그의 바람은 어긋났다.

"이런……."

비즈니스 석으로 들어간 그들은 신음을 흘렸다.

누가 환자인지는 물어보지 않아도 알 수 있었다.

모든 승무원이 한 한국인 노인을 중심으로 웅성거리고 있었던 것이다.

"이런……! 어떻게 하지? 의사는 없나?"

"방송은 했는데……."

진현은 급히 끼어들었다.

"방송을 보고 온 의사입니다. 어떻게 된 일입니까?"

"아……! Doctor!"

의사란 말에 승무원들의 얼굴이 밝아졌다. 아랍 국적의 중년의 여성 스튜어디스가 대표하여 설명했다.

"한국 국적의 승객인데, 방금 전 의식을 잃은 채 발견되었어요. 어떻게 된 일인지 저희도 정확히 모르겠어요."

그 말에 진현은 환자를 살폈다.

오십 대 후반, 육십 대 초반쯤 됐을까?

노년에 가까운 남자였는데 의식이 전혀 없었다. 부르고 자극을 줘 봐도 으으 하는 신음만 흘릴 뿐이었다.

"언제부터 이런 것입니까?"

스튜어디스는 곤혹스러운 얼굴을 했다.

"저희도 정확히 잘 모르겠어요. 늦은 시간이라 다들 주무시고 계셔서 이분도 수면 중이라고만 생각했지 설마 의식이 없는 것이라곤… 간식을 서비스하려고 깨우지 않았다면 지금까지도 몰랐을 거예요."

진현의 얼굴이 어두워졌다. 안 좋았다.

'그러면 언제부터 의식이 없었는지 아무도 모르는 건데… 좋지 않군.'

별일 아니었으면 하는 바람은 산산이 부서졌다. 이 정도면 중환자 중의 중환자였다.

'어째서 의식을 잃은 것이지? 의식이 없는 노년의 남자 환자라…….'

가능한 원인이 머릿속에서 좌르륵 펼쳐졌다.

하지만 의식이 안 좋아지는 원인은 너무 많았다. 용의자를 오백 명쯤 놓고 수사를 시작하는 격이라 단서를 얻어 범위를 좁혀야 했다.

"이 환자분의 신원을 알고 계십니까? 평소 앓고 있던 질환이라든지……."

하지만 아랍 승무원들은 고개를 저었다.

“승객 정보에 공무원이라고 되어 있는데… 아부다비에는 가족 방문으로 왔다고 되어 있고… 혼자 탑승한 거여서 그 밖의 사항은 저희도 전혀 모르겠어요.”

진현은 생각했다.

‘공무원이라고? 비즈니스 클래스를 타고 다니는 공무원이라…….’

직급 있는 회사원의 경우 출장 시 비즈니스 클래스를 종종 이용한다.

하지만 개인적인 일로 중동에 왔다가 비즈니스 클래스를 타고 귀국하는 중년의 공무원은 흔하지 않다.

뭔가 평범한 공무원이 아니란 느낌은 들었지만 지금 중요한 내용은 아니다.

‘곤란해. 의식이 없으니 무슨 질환을 앓고 있었는지, 병력(病歷)을 얻을 수도 없고. 머리 CT 같은 검사를 할 수도 없고.’

머리 CT는커녕, 간단한 피검사도 할 수 없다.

할 수 있는 게 없어 진현은 연희에게 부탁했다.

“일단 바이탈(Vital)을 측정해 주세요.”

연희는 혈압계를 가지고 환자에게 다가갔다.

그나마 다행인 점은 아랍 왕자의 이송할 때 문제가 생길 경우를 대비해 꽤 많은 처치 도구와 약을 챙겨왔다는 점이다.

쓱쓱. 커프를 감고 공기를 주입해 혈압을 측정한 연희의 얼굴이 하얘졌다.

"혈압이 재지질 않아요."

"뭐라고요?"

진현과 혜미의 얼굴이 심각해졌다.

"제가 측정해 보겠습니다."

진현은 본인이 직접 혈압을 측정했다. 이번엔 혈압이 재지긴 했다.

수축기 혈압 50.

'맙소사. 정상이 120인데 50? 그냥 의식을 잃은 게 아니라 쇼크(Shock)잖아. 심장은?'

그는 급히 맥박을 측정했다.

맥박수는 분당 160회. 무섭도록 빠르지만 맥 자체는 약했다. 아찔한 마음이 들었다.

'낮은 혈압을 만회하기 위해 심장이 미친 듯이 뛰고 있는 상태. 하지만 맥이 너무 약해. 이러다 곧 심장마비가 오겠어. 어떻게 해야 하지?'

『메디컬 환생』 4권에 계속…

메디컬 환생
유인(流人) 장편 소설
Medical return
메디컬 환생
유인(流人) 장편 소설